centimes l'Ouvrage complet. Collection "In Extenso"

GYP

L'AMOUR AUX CHAMPS

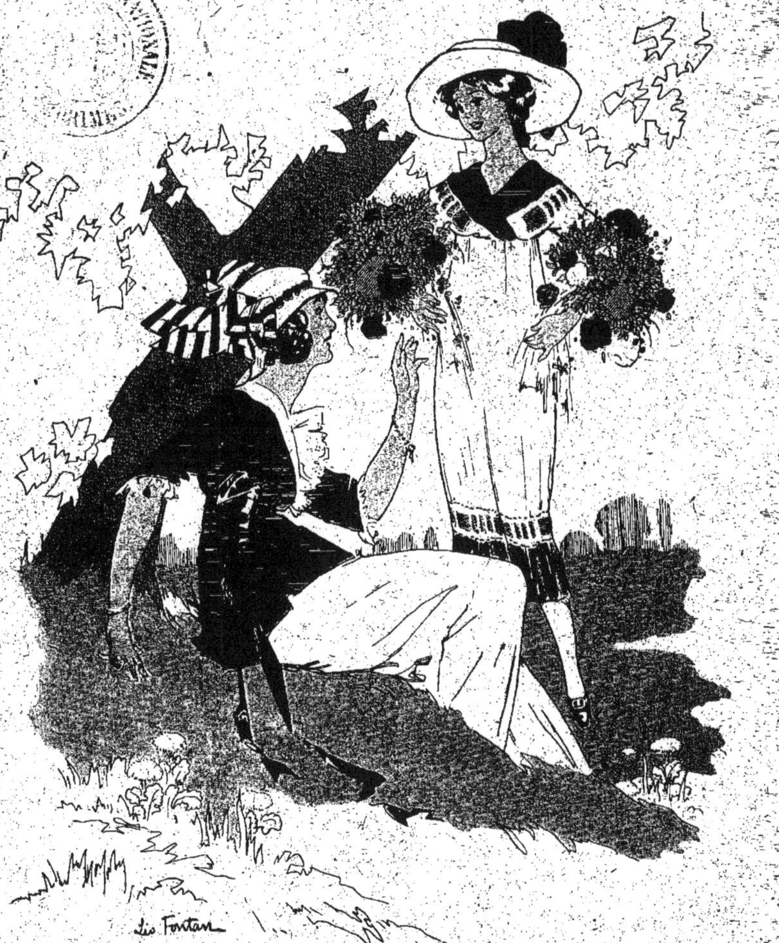

LA RENAISSANCE DU LIVRE

78, Boulevard Saint-Michel. — PARIS

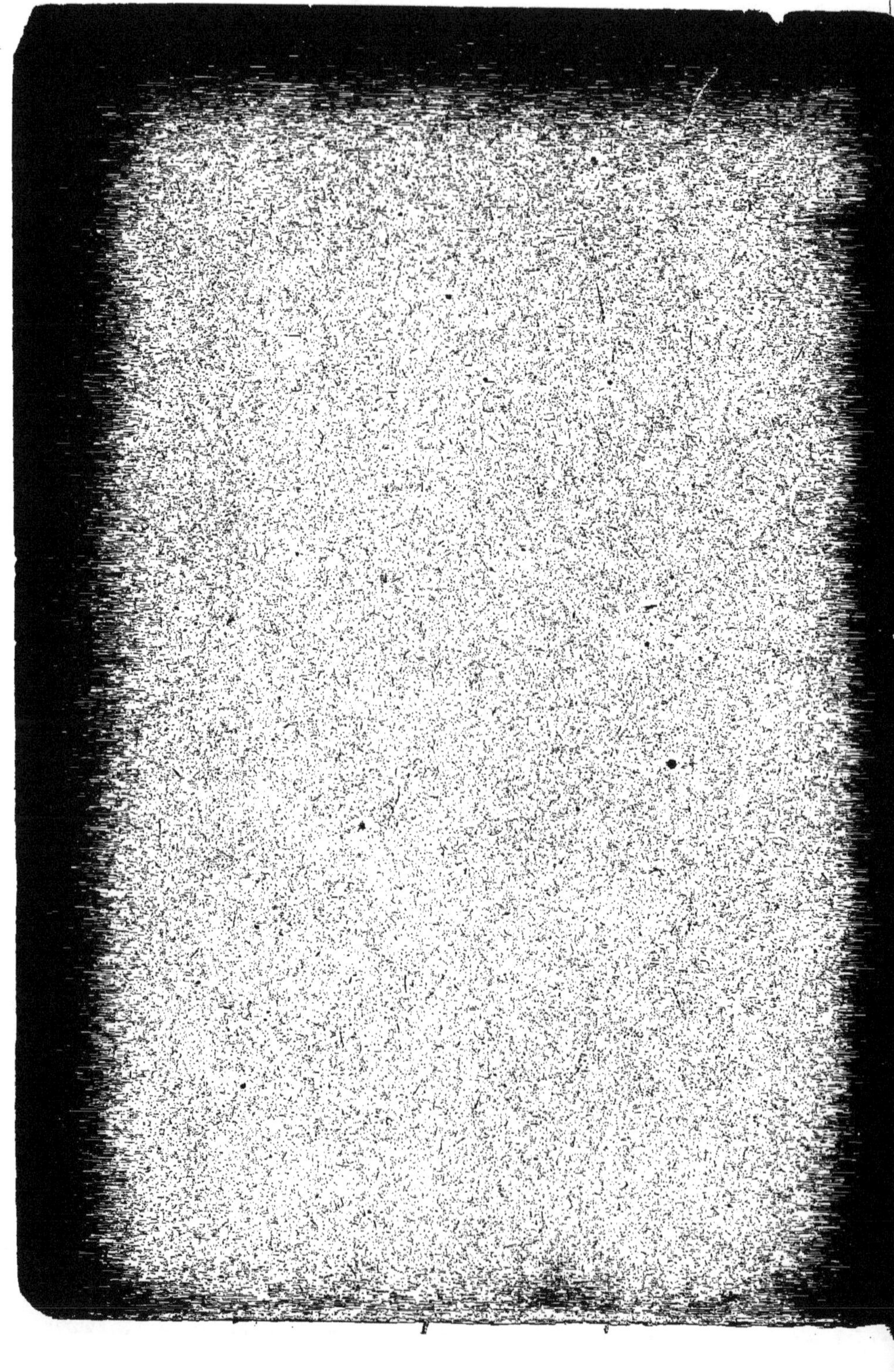

L'AMOUR AUX CHAMPS

Collection " In Extenso "

L'ouvrage illustré de 3 fr. 50 pour 0 fr. 50

Franco par la poste : **65** *centimes*

LISTE DES VOLUMES

1. La Discorde, par Abel Hermant.
2. Le Silence, par Edouard Rod.
3. L'Autre Femme, par J.-H. Rosny.
4. Elisabeth Couronneau, par Léon Hennique.
5. Les Cœurs Nouveaux, par Paul Adam.
6. L'Amour Meurtrier, par M. Serao.
7. Les Ames en peine, par Björnson.
8. La Fin des Bourgeois, par Camille Lemonnier.
9. Défroqué, par E. Daudet.
10. La Payse, par Ch. Le Goffic.
11. En Exil, par G. Rodenbach.
12. Les Revenants, par Ibsen.
13. La Puissance des Ténèbres ; les Spirites, par Tolstoï.
14. Rivalité d'Amour, par Sienkiewicz.
15. Le Mort, par C. Lemonnier.
16. L'Amour Masqué, inédit de Balzac.
17. Amis, par Ed. Haraucourt.
18. Le Cochon dans les Truffles, par Mark Twain.
19. Dans les Orangers, par Blasco Ibanez.
20. Un Duo, par Conan Doyle.
21. Lucie Guérin, par J. Bertheroy.
22. Le Galérien, par Jonas Lie.
23. Une Teigne, par L. Descaves.
24. La Justice des Hommes, par Grazia Deledda.
25. Les Benoit, par Edmond Haraucourt.
26. La Ville Dangereuse, par Charles Henry Hirsch.
27. Le Plus Petit Conscrit de France, par Max et Alex Fischer.
28. Josette, par Paul Reboux.
29. Parenthèse Amoureuse, par Pierre Valdagne.
30. Deux Femmes, par Charles Foley.
31. L'Histoire d'un Ménage, par Michel Provins.
32. Le Journal d'un Moblot, par Victor Margueritte.
33. A l'Aube, par Jean Reibrach.
34. La Disparition de Delora, par Philippe Oppenheim.
35. L'Amour Perdu, par René Maizeroy.
36. L'Empreinte d'Amour, par Marcel Lheureux.
37. Stingaree, par Hornung.
38. Le Relais Galant, par Henri Kistemaekers.
39. Un Amant de Cœur, par Paul Acker.
40. Une Séparation, par Georges de Peyrebrune.
41. L'Enfant Perdu, par Léon Frapié.
42. L'Amour aux Champs, par Gyp.
43. Trumaille et Pélisson, par Edmond Haraucourt.
44. Le Captain Cap, par Alphonse Allais.
45. Les Trois Rivales, par J.-H. Rosny.
46. Mon Amie, par Jacques des Gachons.
47. L'Amour défendu, par François de Nion.
48. Les Amants Maladroits, par Georges Beaume.
49. Le Tourment d'Aimer, par Jean Bertheroy.
50. La Jeune Fille Imprudente, par Louis de Robert.
51. La Petite Esclave, par Abel Hermant.
52. L'Illégitime, par Henry Kistemaekers.
53. Passionnette tragique, par Camille Pert.
54. Les Poires, par Gyp.
55. L'Arriviste amoureux, par Charles Foley.
56. Lili, par René Le Cœur.
57. La Classe, par Paul Acker.
58. Le Cricri, par Gyp.
59. Les Amants singuliers, par Henri de Régnier.
60. Les Tribulations d'un Boche à Paris, par Delphi Fabrice et Louis Marle.
61. Yette, Mannequin, par René Maizeroy.
62. Cœurs d'Amants, par Paul Lacour.
63. Sous les Ailes, par Michel Corday.
64. Le Printemps du Cœur, par Léon Séché.
65. Echalotte et ses Amants, par Jeanne Landre.
66. Bicard dit le Bouif, par G. de la Fouchardière.
67. Fées d'Amour et de Guerre, par Michel Provins.
68. Le Prince amoureux, par Louis de Robert.
69. La Force de l'Amour, par Jean Reibrach.
70. L'Age du Mufle, par Gyp.
71. Le Tumulte, par Georges d'Esparbès.
72. La Victoire de l'Or, par Charles Foley.
73. Le Gamin Tendre, par Binet-Valmer.
74. Sa Fleur, par Félicien Champsaur.
75. Polochon, par G. de Pawlowski.
76. Confidences de Femme, par Annie de Pène.
77. Danseuse, par René Le Cœur.
78. Mars et Vénus, par Gaston Derys.
79. L'Amour Fessé, par Charles Derennes.
80. Marco, par G. de Peyrebrune.
81. Les Chéris, par Gyp.
82. Daniel, par Abel Hermant.
83. Amour Étrusque, par J.-H. Rosny aîné.
84. La Jolie Fille d'Arras, par Gabrielle Réval.
85. Mon Cousin Fred, par Willy.
86. Les Sœurs Rivales, par Paul-Faure.
87. Mimi du Conservatoire, par Maurice Vaucaire.
88. La Grogne, par G. d'Esparbès.
89. Vieux Garçon, par R. Maizeroy.
90. Amour Vainqueur, par Camille Pert.
91. La Pagode d'Amour, par Myriam Harry.
92. L'Art de rompre, par Michel Provins.
93. Plaisirs d'Amour, par Jeanne Landre.

LA RENAISSANCE DU LIVRE

— Téléphone —
Fleurus 07-71   78, Boulevard Saint-Michel, PARIS   — Téléphone —
Fleurus 07-71

L'AMOUR AUX CHAMPS

Collection "In Extenso"

L'ouvrage illustré de 3 fr. 50 pour 0 fr. 50

Franco par la poste : 65 centimes

LISTE DES VOLUMES

GYP

L'AMOUR aux CHAMPS

PARIS

LA RENAISSANCE DU LIVRE

78, BOULEVARD ST-MICHEL, 78

GYP

Sybille-Gabrielle-Marie-Antoinette de Mirabeau, Comtesse de Martel, arrière petite nièce de Mirabeau l'orateur et arrière petite fille de Mirabeau-Tonneau née au château de Koëtsal, dans le Morbihan, est connue universellement sous le pseudonyme, bref et comme claquant, de Gyp.

Il faut renoncer à énumérer les œuvres que cet auteur infatigable et charmant a répandues dans le public. Leur nombre approche de la centaine et tout le monde connait des romans comme *L'âge du Mufle*, *Gricri*, *Les Chéris*, *Les Amoureux*, *Les Chapons*, *Les petits Amis*, *Pervenche*, *Sœurette*, *Geneviève* (édités à la Renaissance du Livre) et aussi *Le petit Bob*, *Doudou*, *Le cœur de Pierrette*, *Le bonheur de Ginette*, *Le mariage de Chiffon*, etc, etc.

Gyp n'ignore rien des mœurs et des travers de la société. Ses observations ont porté principalement sur le monde de la haute vie et de la politique et elle semble s'être amusée beaucoup à relever toutes les petites lâchetés, les capitulations ridicules, les vices plus ou moins honteux, qui se cachent derrière les façades dorées des classes dites *dirigeantes*. Elle a dit ce qu'elle a vu, et quelquefois aussi peut-être ce qu'elle a cru voir, absolument sans hypocrisie. Elle a mis dans ses récits, dans ses portraits tant de fantaisie, tant de verve et tant d'audace que le lecteur s'amuse, lui aussi, de bon cœur. D'ailleurs ces satires ne sont point méchantes, beaucoup de ses personnages, par je ne sais quelle grâce, quelle pointe de sentiment, restent sympathiques. Elle a des types d'enfants terribles, de fillettes à la fois distinguées et mal élevées, de *roués* en herbe qui sont presque uniques. Ces gamins à la dernière mode, qui s'exclament en argot devant leurs parents scandalisés, ont un cachet très moderne et très piquant.

L'ironie de Gyp ne tourne guère à l'indignation que lorsqu'il s'agit de politique. Elle s'est activement mêlée aux mouvements boulangiste, antisémitique, nationaliste. Son style désinvolte devient cinglant lorsqu'il décrit un adversaire de ses idées et, au contraire, grâce à leurs opinions, beaucoup de ses héros, en dépit de leurs frasques, bénéficient d'une large indulgence.

Ajoutons, pour être complet, que M⁰ᵉ de Martel aime le cheval et le canotage et qu'elle a, à diverses reprises, exposé des tableaux à la Société Nationale et illustré quelques uns de ses volumes avec un crayon aussi alerte que sa plume.

L'AMOUR AUX CHAMPS

I

La comtesse d'Attigny, qui venait de s'installer dans la grande bergère aux coussins de vieille soie brochée, appela :

— Suzette !... au lieu de t'écraser le nez contre le carreau, tu ferais mieux d'aider ta sœur à servir le café...

Suzanne de Brias tourna vers sa grand'-mère son visage rose, qui riait dans une envolée de cheveux blonds, et répondit en quittant la fenêtre :

— Voilà ! C'est que je regardais les lilas... ce que le jardin est joli !...

Elle s'élançait d'une glissade vers la table où était posé le plateau, mais madame d'Attigny l'arrêta au passage :

— Arrive un peu ici me montrer ton nez ?... Ma parole, il est tout marbré !... Comment peux-tu t'amuser à t'écraser le nez contre un carreau ?... il est incroyable de faire des choses pareilles à ton âge !...

Le colonel d'Audierne défaisait la bande d'un journal d'un air appliqué. Il abandonna son travail et s'interposa :

— A quel âge veux-tu qu'elle les fasse, ces choses ?... c'est pas à quarante ans, j'imagine ?..

Il saisit sa petite nièce par le bras, la fit pivoter, mit son lorgnon, examina attentivement et déclara, mécontent :

— D'ailleurs, tu rêves... il n'a pas la moindre chose, son nez !...

— Comment !... il est encore tout aplati... il n'y a plus de sang dans le bout !...

— Plus de sang ?... allons donc ?... il ressemble à un bouton de rose... Embrasse ton vieil oncle, mon petit loup !... Il est très bien, ton nez !... et toi aussi !...

— En vérité, — fit la comtesse à moitié riant, à moitié fâchée, — tu es ridicule avec ta filleule...

Et comme Suzette rejoignait sa belle-sœur et l'aidait à porter les tasses, elle continua :

— Il faut qu'elle ait une nature exquise pour n'être pas devenue, grâce à toi, insupportable... tu lui donnes raison sans cesse contre tous... et particulièrement contre moi, qui suis sa grand'mère.

— Oui... tu es sa grand'mère, je n'y contredis pas... mais tu es en même temps ma sœur, et je...

— Ta sœur aînée... très aînée... à qui tu dois du respect...

— Et puis, d'ailleurs, ne me reproche pas de la gâter, ma filleule !... C'est fini, puisque je m'en vais !...

— Quand pars-tu pour Pont-sur-Meurthe ?...

— Dans deux jours... mon logement est prêt...

Antoine de Brias s'approcha, tendant un cigare à son oncle, et dit en riant :

— Près de la gare, n'est-ce pas, le logement ?... pour pouvoir filer le plus souvent et le plus vite possible ?...

— Oui... près de la gare... rue de la Ravinelle... ça ne te dit rien ?... c'est d'ailleurs le hasard qui m'a fait aller par là... car je ne filerai pas tant que tu crois, mon petit !... je suis colonel à présent... j'ai des responsabilités !... sans compter un général !!! Ah ! seigneur !...

Madame d'Attigny demanda :

— Qui est-ce, ton général !...

— C'est Adèle... C'est Granpré, je veux dire... il vient d'être nommé...

— Tu as l'air de penser qu'il sera désagréable ?...

— Ah ! je t'en réponds, qu'il le sera !... C'est

à-dire, pas lui, le pauvre bonhomme!... lui, il n'existe pas... c'est sa femme qui commande... Pour toutes les choses sans gravité, il cède pour avoir la paix... et comme c'est des petites choses sans gravité qu'on vit... Qu'est-ce que tu as?... tu ne m'écoutes pas?... à quoi penses-tu?...

— Je pense que, puisque tu vas là-bas, tu seras bien gentil de visiter quelquefois Attigny et de voir si tout est en bon état :

— C'est vrai!... ce beau château!... Pourquoi y allez-vous si peu?...

Yvonne de Brias dit de sa voix harmonieuse et chaude :

— Nous avons bien manqué y aller tout à fait!...

Et comme le colonel regardait avec étonnement sa petite nièce, la vieille comtesse expliqua :

— Oui... on m'a offert deux millions de cette maison-ci...

— Fichtre!...

— Oh!... rue de Grenelle et avec un jardin pareil, ça n'est pas trop!...

— Je ne te dis pas que ça soit trop, mais c'est tout de même gentillet, deux millions!...

— Oui... ça fait soixante mille francs de rente... et nous ne sommes pas assez riches pour nous offrir un loyer de ce prix-là!...

— Eh bien, alors?...

— Eh bien, je voulais vendre... et aller nous installer à Attigny pendant dix mois de l'année, mais les enfants n'ont pas voulu...

— Dame!... écoute donc, ils sont jeunes!... et puis...

Il s'arrêta un instant, indiqua de la main Yvonne et affirma :

— Là, vraiment, celle-ci n'est pas faite pour s'enterrer à la campagne...

Instinctivement, tous regardèrent Yvonne qui rougit violemment.

Longue, souple, bâtie comme une nymphe de Clodion, avec, sur un corps admirable, une toute petite tête aux traits d'une admirable pureté, madame de Brias était la plus jolie femme qui se pût voir. Elle avait de grands yeux couleur pervenche, étrangement lumineux et bons; une bouche exquise, un peu entr'ouverte sur des dents toutes petites d'un blanc neigeux, et des cheveux châtains soyeux et lourds, plantés assez bas sur un petit front droit. Sa peau très fine et très douce avait des tons de jasmin blanc. Ses pieds et ses mains étaient la perfection même. Et de toute sa gracieuse personne émanait un charme singulier, une sorte de fluide qui attirait les admirations les plus rebelles.

Monsieur de Brias contemplait sa femme d'un air à la fois extasié et inquiet. Suzette dit, convaincue :

— Le fait est qu'elle est épatante, Yvonne!...

Voyant que la jeune femme embarrassée protestait d'un geste vague, elle acheva :

— Tu sais bien que, quand nous sortons, on nous suit tout le temps, voyons!...

— Parbleu!... j'en suis bien sûr! — fit Antoine avec ennui.

Yvonne dit en riant :

— Oh!... tout le temps!... elle exagère!...

Mais la petite se hérissa :

— J'exagère?... Allons donc!... tu sais bien que non, que je n'exagère pas?... mais dis-le donc, que c'est vrai?... dis-le donc?... encore l'autre jour?... le grand monsieur?... tu ne sais plus?... le grand que nous croyions tout le temps qui allait nous parler?...

— Ah!... — questionna Brias préoccupé — on vous parle?...

— Jamais quand nous sommes nous deux — expliqua gaiement Suzette — mais quand je suis avec Fraulein ou avec un domestique, on me parle tout le temps...

Son frère paraissait effaré, alors elle ajouta, sincère :

— Oh!... faut pas que ça te contrarie!... ça m'amuse plutôt!... et puis, je me tiens très bien, tu sais!... je ne réponds pas... jamais!...

Et, tout à coup, changeant brusquement d'idée, elle demanda :

— Vous ne croyez pas que nous avons trop mangé de crêpes à déjeuner?... dites?...

— Trop mangé de crêpes?... — fit la comtesse abasourdie — pourquoi?...

— Parce que je sens comme un poids!...

Le colonel s'inquiéta :

— Un poids !... c'est très mauvais !... Sais-tu ce qu'il faut faire, mon petit loup?... Il faut prendre tout de suite une tasse de camomille... bien chaude...

— Vous croyez, oncle Georges?...

Le visage de la petite devenait presque sérieux. Comme les enfants qu'on plaint lorsqu'ils n'ont rien, elle allait finir par se croire malade.

Madame d'Attigny haussa les épaules. Son frère se tourna vers elle presque fâché :

— Tu n'y entends rien, toi, d'abord !... Oui... je sais bien !... tu vas me dire que tu as élevé quatre enfants...

— Et trois petits enfants !... et ils me font honneur, mes nourrissons !... Celui-ci... — la comtesse indiqua Antoine — m'a tout l'air d'un solide gaillard... Suzette a la plus admirable santé qui soit, et je crois bien que ta camomille est le premier remède qu'on lui ait jamais ordonné... Et quant à Fred...

Monsieur d'Audiarne interrompit :

— Tiens !... au fait !... où est-il donc, Fred?...

Suzette, qui s'en allait, répondit du seuil de la porte :

— Dans une boîte, il est !... il ne fichait rien de rien... alors on l'a bouclé, l' pauvr' gros !...

Madame d'Attigny dit, mécontente :

— Quel langage, grand Dieu !...

Alors le colonel s'exclama, bourru :

— Elle est délicieuse, comme elle est !... son langage va avec son ensemble... il détonnerait s'il était classique...

Il regarda sa nièce, qui sortait dans un vacarme de fenêtres et de portes battantes, et acheva :

— Car il est certain qu'elle n'a pas la beauté grecque !...

Pas grande, mais très bien prise, solide, râblée, respirant la vigueur et la santé par tous les pores de sa peau fraîche, Suzette de Brias semblait à première vue trop pleine, trop rose, trop débordante de vigueur et de santé. Mais, à l'examen, elle s'affinait. Et puis, de ses yeux roux, de ses cheveux dorés, de ses larges dents éclatantes, gaîté intense et communicative, selon l'expression favorite de son p..., « un véritable rayon de joie».

Un domestique entra, pour prévenir que le cocher demandait les ordres.

La comtesse dit :

— Je ne sors pas... voulez-vous la voiture, mes enfants?...

Brias se tourna vers sa femme :

— La veux-tu, toi, Yvonne?...

— Non... merci... je vais sortir à pied avec Suzette, puisqu'il faut la faire marcher...

Madame d'Attigny approuva :

— Oui !... il faut la faire marcher... quand elle ne fait pas d'exercice, elle est insupportable, figure-toi...

Brias dit :

— Si personne ne la prend... moi je la veux bien, la voiture !... j'ai justement des courses à faire...

— Tu m'emmèneras — demanda monsieur d'Audiarne — il faut que j'aille voir des chevaux...

— Parfaitement... je vais m'habiller...

Et se penchant sur Yvonne, qui parcourait un journal :

— Alors... c'est sûr?... tu vas te promener avec Suzette?...

— Mais oui...

— Montes-tu en même temps que moi ou restes-tu là?...

— Je monte...

Elle avait déjeuné en descendant de cheval. Elle indiqua son amazone et reprit :

— Il faut que je m'habille aussi...

Tandis qu'ils sortaient ensemble, la comtesse restée seule avec son frère lui dit :

— Je suis sûre que si, à l'instant, nous ouvrions brusquement la porte, nous trouverions Antoine en train d'embrasser sa femme...

— Allons donc !... c'est à ce point là?...

— C'est à ce point là... il est amoureux comme le premier jour...

— Tant mieux !... moi je trouve ça très heureux !... quoique vieux garçon, je suis pour les bons ménages...

— Moi aussi, comme tu penses !... seulement j'ai peur qu'Antoine n'ennuie Yvonne ?...

— Pourquoi donc ça ?... C'est un superbe garçon, bon comme on ne l'est plus, et pas bête... D'autre part, Yvonne me semble — malgré son étonnante beauté, — une très brave petite femme... Pourquoi veux-tu qu'Antoine l'ennuie en étant amoureux d'elle ?...

— Parce qu'il n'est pas seulement amoureux... il est jaloux...

— Ah !... ça, c'est un tort !.. Très jaloux ?...

— Abominablement !...

— Il lui fait des scènes ?...

— Jamais !... mais il se tourmente, il s'attriste... il souffre... et il le laisse voir...

— Quel serin !...

— Oui... tu ne comprends pas ça... tu n'auras pas été jaloux de ta femme, toi ?...

— Je ne sais pas si j'aurais été jaloux de ma femme... mais je sais bien que j'ai été jaloux de toutes les femmes que j'ai connues... seulement, je ne le leur montrais pas !... C'est uniquement parce que ton petit-fils le montre que j'ai dit : « Quel serin !... Est-ce qu'elle est coquette ?...

— Pas du tout !... mais elle est si jolie que, naturellement, on la remarque plus qu'une autre... Tout à l'heure, quand cette petite bête de Suzette a raconté qu'on les suivait... tu n'as pas vu la tête d'Antoine ?... être jaloux même des passants, c'est être bassement jaloux...

— C'est être jaloux, tout bonnement, sans qualificatif... il n'y a pas deux manières !... Et jamais Yvonne ne lui a donné le moindre prétexte réel ?...

— Jamais !... non seulement, elle n'a nulle envie, je crois, de le tromper, mais encore, le voulût-elle, que ça lui serait matériellement impossible...

— Oh !... ça !...

— Mais non !... tu ne te rends pas compte de ce que c'est que l'existence de ces petites mondaines...

— Mais sapristi !... je la vois, leur existence !...

— Mais non... depuis dix ans tu es en garnison à Saint-Germain ou à Compiègne...

— Je suis continuellement à Paris...

— C'est vrai... mais tu es au cercle... ou chez des cocottes...

— Permets ?...

— Ou ici... où tu ne vois les enfants que comme tu viens de les voir ce matin... Tu ne sais pas à quel point la vie des femmes — même les plus honnêtes — est devenue extérieure, je dirai presque publique, à l'exclusion de toute intimité, de toute absorption par un seul... que celui-là soit le mari, ou l'amant, ou même le flirt...

— Tu t'imagines des choses...

— Je t'assure que je n'imagine rien... et que j'observe seulement ce je vois... Certes, je ne suis pas assez bête pour croire qu'une femme ayant une âme passionnée ou un tempérament excessif ne peut pas, dans notre monde, se mal conduire si bon lui semble... Non... ce que je veux dire c'est que chez les petites femmes telles qu'Yvonne, bien nées, bien élevées, bien équilibrées, bien sages en un mot — pour lesquelles la noce ou le coup de foudre sont et seront toujours lettres closes — l'aventure provient le plus souvent de l'ennui, de l'absence habituelle d'hommages... de la solitude surtout... elle naît du « vague à l'âme », s'ébauche dans la rêverie et se... se corse dans le désœuvrement...

— Il y a du vrai, mais...

— Tu peux en croire là-dessus ta vieille sœur, va !... A vivre surtout de la vie des autres — ce qui a presque toujours été mon cas — on devient observateur et perspicace... Eh bien, Yvonne se lève à neuf heures, monte à cheval de dix heures à midi avec son mari et un peloton d'escorte, composé de jeunes seigneurs tous également jolis et tous également flirts... Elle déjeune avec nous, sort avec Suzette, ressort à cinq heures pour faire des visites, dîne en ville et va le soir au théâtre et au bal, toujours avec Antoine !... sans parler des courses, du concours hippique, des expositions d'arts, des fleurs, de chiens, et de tout le tremblement!... Elle n'aurait pas le temps, ce me semble, au milieu de ce mouvement perpétuel, de distinguer un monsieur et de tromper avec lui son mari...

— Oui... peut-être... mais il est pourtant des femmes qui trouvent — au milieu de ce mouvement perpétuel — le temps de rêver... et le reste...

— Tu en connais?...

— J'en ai connu surtout!... parce que, tu sais, je vais avoir cinquante ans, ma vieille Blanche...

— Tu n'en as vraiment pas l'air... tu es étonnant!...

— Pas tant que toi!...

Il se tournèrent inconsciemment vers la glace qui leur renvoya leurs silhouettes très analogues. Tous deux longs, élégants, restés souples comme dans leur jeunesse. Tous deux frais sous leur cheveux gris, presque blonds encore chez elle, presque tout à fait blancs chez lui.

Le colonel d'Audierne regarda sa sœur et dit :

— C'est vrai!... de loin, avec ta taille flexible et ta petite tête bien plantée, on te donnerait quarante ans...

— Et j'en ai soixante-quatre... mais tu sais... à ces âges là... dix-neuf ans de plus ou de moins, ça ne fait ni chaud ni froid...

— Je ne trouve pas ça!...

— Oh!... ma foi!... on est vieux à quarante-cinq... on est vieux à soixante... c'est tout pareil à mon avis!... du reste, la vieillesse ne m'a pas gênée... je l'ai prise comme elle est venue... avec ses avantages et ses inconvénients... A propos d'inconvénients, dis-moi?... ça t'ennuie-t-il d'aller à Pont-sur-Meurthe?...

— Non!... pas plus qu'ailleurs... moins, même, puisque je vous verrai un peu pendant l'été...

Elle le regarda affectueusement :

— Ce que tu vas nous manquer!...

— Vous me manquerez plus encore!... vous êtes plus meublants que moi!... c'est surtout mon petit rigolo de Suzette que je

regrette... en voilà une qui est la joie de la maison!...

— Oui... je la gronde quelquefois, mais je l'adore!... elle est si gentille, si vivante, si drôle... elle reste un bébé!... c'est tant mieux, puisque Antoine et Yvonne ont jugé à propos de ne pas avoir d'enfants...

— Combien y a-t-il de temps qu'ils sont mariés?...

— Quatre ans... bientôt cinq...

— Ça leur fait-il de la peine de ne pas avoir d'enfants?...

— A elle, je ne sais pas... elle ne m'en a jamais parlé... à Antoine, un chagrin affreux... non pas tant au point de vue de la continuation de l'espèce qu'au point de vue du sentiment... Il s'imagine des choses...

— Quelles choses?...

— Mais par exemple que c'est parce que Yvonne l'aime... mollement, sans entrain et — dit-il — sans amour vrai, qu'elle n'a pas et n'aura pas d'enfants... Et il est navré... il me parle de ça sans cesse... un de ces jours, il y aura quelque histoire...

— Quelque histoire comment?...

— Eh!... je ne sais pas!... il prendra plus particulièrement en grippe quelqu'un des hommes qui semblent s'occuper — peut-être un peu trop — de sa femme... Ainsi, pour le moment, il est visible qu'il se préoccupe d'un grand garçon que tu connais probablement... c'est un officier...

Le colonel se mit à rire :

— Il y a quelques officiers dans l'armée, ma bonne Blanche!... je ne les connais pas tous!...

— Enfin celui-là s'appelle Achères, c'est

— Le neveu du général d'Achères... je sais... il est charmant... mais est-ce que...

— Est-ce que quoi?...

— Est-ce que Yvonne rend à la main?... je veux dire est-ce que...

— Pas la peine d'expliquer... je suis « de cheval » aussi, moi... et j'ai compris... Non, pas le moins du monde... Yvonne ne rend pas et n'a jusqu'ici jamais rendu à la main... C'est une petite créature très pure, très droite, très religieuse aussi, comme tous les Bretons

en général et les Plouaret en particulier...
A propos, tu vas les trouver à Pont-sur-Meurthe, les Plouaret...

— Oui... et j'en suis bien content... Claude est la plus réussie de tes enfants... et celle de mes nièces que j'aime le plus...

— Après Suzette?...

— Suzette n'est pas ma nièce... c'est ma petite-nièce, c'est tout autre chose... elles ont d'ailleurs une grande analogie, Suzette et Claude!... Suzette ressemble bien plus à sa tante qu'à sa mère...

— Tant mieux pour elle... car ma fille Brias était bien moins jolie que Claude... c'est Fred qui est tout pareil à sa mère...

— Il ne fait toujours rien, ce maudit petit Fred?...

— Rien!... il sera incapable de jamais se tirer d'affaire tout seul... Enfin, il ne mourra pas de faim... heureusement!...

— Tu es riche, toi?...

— Pas tant que ça!... Et puis, j'ai quatre enfants, ma fortune se partagera en quatre, et mes petits-enfants Brias auront à se partager en deux une de ces parts-là!... ce sera mince... c'est pour ça que je voulais vendre cette maison, qui est une beaucoup trop grosse charge...

— C'est vrai... moi, je laisserai le peu que j'ai...

— A Suzette, tu n'as pas besoin de me le dire...

— Eh bien oui!... j'ai le droit de disposer comme bon me semble de mon argent, et Suzette est ma filleule...

La comtesse interrompit brusquement son frère :

— Attention!... voici Antoine... ne lui parle pas de sa femme, n'est-ce pas?... il est inutile qu'il te sache au courant de sa jalousie absurde... ça pourrait le gêner... Dis-moi?... nous te reverrons avant ton départ?...

— Oui... je viendrai vous dire adieu demain...

Quand son frère et son petit-fils furent partis, madame d'Attigny resta immobile, les pieds sur les chenets, regardant pâlir sous le voile gris des cendres le rose d'aurore des braises qui s'éteignaient lentement ce pendant que, par la fenêtre ouverte, le soleil d'avril poudrait de ses rayons les boiseries blanches de la grande pièce. Elle songeait avec tristesse à ce frère — celui qu'elle préférait — qu'elle avait, quelques années plus tôt, retrouvé avec tant de joie, et qu'il allait falloir quitter de nouveau.

Mais le départ pour Pont-sur-Meurthe du colonel d'Audierne allongerait forcément le séjour à Attigny. Et elle s'en réjouissait. Depuis quinze ans, elle habitait à peine ce pauvre vieux château où tous ses enfants étaient nés, et où s'était écoulée la meilleure partie de sa jeunesse.

En fermant les yeux, elle revoyait les grosses tours et les meubles anciens, le parc, les jardins français, les belles prairies qui descendaient jusqu'à la Meurthe.

Tandis qu'elle songeait, Yvonne entra, fraîche à ravir dans un costume de drap vert, coiffée d'un petit chapeau de paille vert pâle orné d'une botte de réséda.

— Je m'en vais!... au revoir, grand'-mère!...

D'habitude, avant de sortir, elle venait toujours avec sa petite belle-sœur, dire adieu à la comtesse.

Madame d'Attigny demanda :

— Est-ce que Suzette n'est pas prête?...

— Elle ne sort pas, Suzette!... Elle veut rester à la maison pour travailler à sa robe avec Pauline... elle dit que, sans ça, la robe ne sera pas prête pour ce soir...

— Ah?... c'est dommage de ne pas profiter de ce beau soleil?... Il n'y a pas moyen de la décider?...

Madame d'Attigny pensait qu'Yvonne allait se promener seule et que son mari en serait fâché. Et, presque inconsciemment, elle demanda :

— Où vas-tu, ma petite Yvonne?...

— Mais, d'abord, au Luxembourg... je veux voir le jardin pendant que les lilas sont fleuris... Après, si j'ai le temps, je profiterai de ce que je n'ai pas Suzette pour faire un tour au Louvre... ça ne l'amuse pas beaucoup, les musées... et il y a très longtemps que je n'y suis allée...

La vieille femme continuait à regarder sa petite fille élégante et fine dans son costume si simple.

A la fin elle dit, pensant tout haut :

— Tu as une robe très gentille.., très comme il faut... le petit chapeau aussi... c'est discret, c'est joli tout à fait...

Madame de Brias se pencha, examinant sa robe.

— Oui, c'est très bien... comme ça... ici... à l'ombre... mais au soleil ça n'a pas l'air noir...

— Dame !... puisque c'est vert...

— Eh bien, justement, on se rend compte que c'est vert et il ne faudrait pas... C'est trop voyant pour la rue... j'adore passer inaperçue...

La grand'mère regarda la jeune femme et murmura :

— Ah ! bien !... ça ne doit pas t'arriver souvent, ma petite !...

II

En quittant la maison, Yvonne s'en fut comme elle l'avait dit au Luxembourg. Chaque année elle s'y promenait au moins une fois pendant que les lilas étaient en fleurs. Elle adorait ces flâneries desquelles, presque toujours, Suzette prenait sa part, et qui les éloignaient toutes deux pour quelques heures du mouvement mondain que, d'ailleurs, elles aimaient aussi.

Beaucoup plus cultivés que la plupart des gens du monde, les Brias et madame d'Attigny s'intéressaient à autre chose qu'aux chevaux, aux chiffons et aux potins des cercles ou des cinq heures. Yvonne, qui peignait, avait mieux qu'un talent d'amateur, et sans faire profession de sérieux ou d'esprit, elle guidait adroitement son intelligence très réelle.

Elle marchait assez vite, légère et souple, frôlant les lilas et aspirant leur parfum; heureuse de vivre par ce beau soleil, de se savoir jolie et de se sentir libre pour un instant dans le grand jardin encore désert. Elle pensait que, tout à l'heure, elle serait au Louvre en contemplation devant ses tableaux préférés; qu'après le Louvre, elle rentrerait pour mettre une robe très jolie et faire ensuite, à deux ou trois cinq heures, une fuyante et suggestive apparition. Et elle concluait que la vie est, en somme, une bonne chose.

Elle croisa un monsieur qui la regardait en connaisseur et que, distraitement, elle regarda aussi. C'était un grand homme de cinquante ans, mince et d'allure correcte. Dès qu'il fut passé, il s'arrêta, et, revenant sur ses pas, se mit à marcher presque à côté d'elle. Elle pensa :

— Quel imbécile !...

Puis, elle se rendit compte qu'elle l'avait regardé sottement et que c'était sa faute, mais, tout de même, elle pressa le pas. Le monsieur allongea aussi, gardant sa même distance. Elle n'y prit pas garde. Comme l'avait dit Suzette, elle était habituée à être suivie. Mais tout à coup, le monsieur s'inclinant, demanda d'une voix câline :

— Vous voulez bien que je vous accompagne, n'est-ce pas ?...

Elle eut un regard si sincèrement stupéfait que le suiveur s'écarta brusquement, portant la main à son chapeau et bafouillant des excuses.

Madame de Brias resta immobile, hésitante et gauche, se demandant anxieuse :

— Ah ça ?... qu'est-ce que j'ai donc aujourd'hui ?...

Si on la suivait souvent, jamais, jusqu'ici, on ne lui avait parlé dans la rue. Elle s'examina consciencieusement. Elle n'était pas comme toujours en noir. C'était peut-être sa robe verte, très verte au soleil, qui lui attirait cet ennui.

Tandis qu'elle courait vers une sortie, elle fut rattrapée par un individu qui avait, avec une redingote, une cravate rouge passée dans une bague. Une sorte de commis voyageur, celui-là, qui se mit à lui emboîter le pas, en lançant de temps à autre des interjections telles que :

— Oh ! Oh !... Cristi !... Mazette ! ! !

Puis, peu à peu, il en vint aux phrases :

— Plus qu'ça d'chic !... Jolie p'tite femme !...

Et les gens qui passaient regardèrent Yvonne en riant.

Elle s'énerva, mais sans s'inquiéter. L'individu avait l'air d'un mufle ! Peu lui importait qu'il la prît pour une grue. Oui... mais pourquoi la prenait-il pour une grue ?... à cause de sa robe probablement ?...

Comme elle sortait par la grille qui est près de l'Odéon, elle se trouva nez à nez avec un très jeune homme, peintre ou étudiant probablement, qui entrait dans le jardin.

Elle fit un mouvement pour prendre sa gauche, tandis que le jeune homme — un gros réjoui, avec une figure de bonne humeur — en faisait un pour prendre sa droite, et il y eut un très léger choc.

Alors l'étudiant, qui venait seulement d'apercevoir la jeune femme, ouvrit les bras et s'écria, à la fois sincère et goguenard :

— Mâtin !... si j'avais une petite grenouille comme ça dans mon bocal, je n'm'embêterais pas !...

Yvonne éclata de rire en constatant que, cette fois, c'était bien à sa robe qu'elle devait ce nouveau succès. Elle se mit à la recherche d'un fiacre, en trouva un découvert et s'y précipita, bien décidée à ne plus errer par les rues dans ce costume peu discret.

Et, tout en roulant cahotée, elle pensait que son mari serait furieux s'il apprenait les incidents de sa promenade.

En traversant le pont du Louvre, elle fut arrêtée dans un embarras de voitures, et serrée contre un fiacre où un grand garçon très élégant, mais d'une élégance un peu trop dernier cri, semblait sommeiller à demi.

En apercevant madame de Brias, il s'éveilla de son engourdissement et la salua à l'instant même où le passage, en s'ouvrant, séparait les deux voitures. Yvonne, un peu myope, cligna des yeux et rendit au hasard le salut.

Lorsque, cinq minutes plus tard, elle fut dans la galerie des antiques, la jeune femme sentit un bien-être très grand, causé par l'extrême fraîcheur et aussi, un peu, par la satisfaction de se croire, dans ce demi-jour, vêtue discrètement comme de coutume.

La galerie était déserte. Seuls, les gardiens allaient et venaient aux deux bouts. Yvonne s'arrêta à l'entrée, se demandant si elle allait monter tout de suite à la peinture ou rester un peu au frais.

Tandis qu'elle hésitait, une voix jeune et forte demanda tout près d'elle :

— Voulez-vous, madame, me permettre de vous saluer ?...

Elle dit, surprise :

— Tiens !... monsieur d'Achères !...

Et Achères, qui venait de la rencontrer sur le pont et qui, la voyant entrer au Louvre, y était entré derrière elle, pensa qu'elle « la lui faisait à l'étonnement ».

Convaincu qu'elle l'avait reconnu, il crut qu'elle reconstituait la manœuvre exécutée pour la rejoindre, et l'acceptait sans déplaisir. Et, fort de cette croyance, il demanda, affirmant plutôt qu'il n'interrogeait :

— Vous me permettez de vous accompagner, n'est-ce pas ?...

C'était, ou presque, la phrase que murmurait tout à l'heure le monsieur du Luxembourg. Yvonne sourit, en répondant sans enthousiasme :

— Mais oui...

— Je ne suis pas indiscret ?...

Elle eût certainement préféré se promener seule dans le Louvre. Mais, aimable et bien élevée, elle affirma gentiment :

— Non... pas du tout...

Alors il dit, voulant tout de suite diriger la conversation vers le point où il souhaitait l'amener :

— C'est que le Louvre... c'est un lieu de rendez-vous, vous savez ?...

— Non — fit-elle simplement, ne comprenant pas où il en voulait venir — je ne savais pas...

Elle regardait une statue. Il demanda, pour avoir l'air de s'intéresser :

— Qu'est-ce que c'est que ça ?... un empereur Romain ?...

— Non... c'est Antinoüs en Hercule...

— Ah! bah!...

Il lut, en ânonnant, la pancarte explicative :

— ... a été trouvé près de Tivoli... c'est palpitant !... Tiens !... qu'est-ce qu'il a ?... on dirait des ligaments...

— C'est la jambe qui manquait et qui a été refaite...

— Ben, c'est pas heureux !... ça a l'air d'une enseigne de bandagiste...

Avisant une petite statuette placée dans l'embrasure de la fenêtre, il s'interrompit pour dire :

— Ah ! le voilà encore, Hercule !...

Madame de Brias répondit :

— Non... c'est Esculape...

— Esculape a donc une massue aussi ?...

— Ce n'est pas une massue... c'est un bâton avec un serpent... du moins, je le crois ..

— Tiens !... pourquoi un serpent ?... pour rappeler ceux des bocaux des pharmaciens ?...

Agacée, Yvonne se dirigeait vers l'escalier, mais Achères tomba en arrêt devant un des sarcophages placés au bout de la galerie.

— Ah !... regardez donc quelle chic baignoire !...

— Où ça ?... — demanda madame de Brias qui revint sur ses pas.

— Mais là... avec tous ces bonshommes sculptés... c'est un joli travail !... seulement, c'est sale... faudrait que ça soit repoli...

Elle dit :

— C'est un tombeau, vous savez... et non pas une baignoire...

— Un tombeau ?... croyez-vous ?...

Puis, comme il montait derrière elle les premières marches de l'escalier, il réfléchit qu'il ne fallait pas laisser dévier la conversation et qu'on avait assez parlé d'art. Il chercha une phrase d'attaque, hésita, et finit par dire :

— Vous en avez une taille !.

Yvonne ne l'entendit même pas. Arrêtée sur le palier, elle regardait la Victoire de Samothrace. Alors, il s'étonna franchement :

— Quel plaisir pouvez-vous bien trouver à regarder ce machin cassé, voyons ?...

Elle se retourna, ahurie, et répondit :

— Mais c'est superbe !...

Achères haussa les épaules :

— Superbe !... cette affaire sans tête !... Ah ! elle est bien bonne !

Puis, revenant à son idée :

— Et, maintenant, voyons, là... Dites-moi gentiment, et si bien sûr ça ne vous gêne pas, pourquoi vous êtes au Louvre ?...

— Mais... pour le voir...

— Le voir ?... qui ça !...

— Eh bien, mais le Louvre...

— Allons donc !... on ne vient pas au Louvre pour le voir... excepté les Cook...

— Comment ???... vous n'êtes jamais venu au Louvre ?...

— Si !... quand j'étais petit !... mais l'idée ne me prendrait pas d'y revenir, vous pensez bien ?...

Elle demanda, de la meilleure foi du monde :

— Alors ?... pourquoi y êtes-vous ?...

Il affirma, l'œil tendre, la voix grave.

— Vous le savez bien pourquoi j'y suis ?...

— Moi ?... je ne m'en doute pas !...

— Comment... vous ne vous rendez pas compte que je ne suis ici que pour vous y retrouver...

— M'y retrouver ?... mais vous saviez donc que j'y viendrais ? ..

— Dame !... je vous suivais depuis le pont... alors, en vous voyant tourner, j'ai tourné aussi... et en vous voyant entrer au Louvre, j'y suis entré derrière vous..

Elle dit, surprise :

— Comment ?... c'était vous, sur le pont ?...

— Moi-même...

— Je ne vous avais pas reconnu... et c'est singulier... car vous êtes, certes, bien facile à reconnaître...

Elle le regardait, debout près d'elle, et le trouvait vraiment joli garçon.

Grand, svelte et musclé, avec ses yeux bleus très doux, ses jolies moustaches blondes, soyeuses, longues et ébouriffées, il lui rappelait le beau Chevalier qui avait été la grande, l'unique admiration de sa toute petite enfance.

Comme elle l'avait aimé, ce Roland de Gustave Doré! C'était dans *La Légende de Croquemitaine* — le plus joli livre qui ait jamais été donné à des enfants — qu'elle avait découvert le fier visage auquel elle devait toujours rêver. C'est pour l'amour du Chevalier qu'elle avait appris à lire en quinze jours, alors que, depuis un an, elle refusait obstinément de distinguer ses lettres. Et quand elle avait pu enfin connaître l'histoire de Roland, elle s'était absorbée dans la légende, donnant et recevant des coups d'épée, vivant la vie de Charlemagne et de ses preux.

La gentille Mitaine, Mourad, Turpin le bon évêque, Durandal la pure épée, et la belle Aude ne l'intéressaient pas. Elle était seulement jalouse de la petite Mitaine, la filleule de Roland, et surtout de la Belle Aude, sa fiancée. Et elle se souvenait d'avoir éprouvé une sorte de soulagement de la mort de Roland parce que, de cette façon, il ne pourrait plus aimer Mitaine ni épouser la belle Aude. Elle se souvenait aussi des baisers sonores qu'elle appliquait sur les nombreuses images de son Chevalier.

Et elle sentait encore la rougeur qui avait brûlé ses joues lorsque, plus tard, devenue grande fille, un professeur lui demanda au cours de dire « ce qu'elle savait de l'histoire Roland ». Elle s'était imaginée alors que tous les yeux se tournaient vers elle et devinaient son naïf amour.

Si, à dix-huit ans, elle avait épousé Antoine de Brias, c'est parce qu'il lui rappelait le Chevalier de son enfance. Non qu'il lui ressemblât précisément, mais il était grand, fort et bon comme le Roland de la légende, et, en le voyant, elle avait eu confiance en lui.

Et voilà qu'à cette minute encore, ce bête de souvenir l'obsédait. Elle répétait machinalement :

— Vous êtes très facile à reconnaître...

Il dit, l'air heureux :

— Vraiment?...

Yvonne le regardait sans répondre. Elle lui en voulait d'avoir les traits de son rêve

et d'être, quand il parlait, si différent de son Chevalier. Ce n'est pas le Roland de Doré qui aurait reproché à la Victoire de Samothrace de ne pas avoir de tête, ou qui aurait pris un tombeau pour une baignoire... Ah! mais non!... Il devait être exquis, le vrai Roland!... Pourquoi n'existaient-ils plus ces Paladins amoureux, terribles et tendres?

Elle eût voulu en aimer un... dans le temps où elle rêvait en Bretagne, assise dans la lande, car, depuis son mariage, elle n'avait plus le temps de rêver. Et, elle en concluait qu'elle aimait beaucoup son mari et se trouvait satisfaite de ce que lui avait apporté la vie. Roland lui-même, sortant des pages de *La Légende de Croquemitaine*, fût venu, mettant un genou en terre, lui offrir la succession de la belle Aude, qu'elle l'eût certainement refusé.

Distraite, elle demeurait immobile au pied de la grande Victoire décapitée. Achères demanda :

— Est-ce que nous allons rester là?...

Sans répondre, elle se remit en marche. Alors il dit avec aplomb, sûr d'une réponse aimable :

— En vous accompagnant, je ne vous ennuie pas!... bien vrai?...

Le premier mouvement d'Yvonne fut de répondre :

— « Si!... » ou bien : — « Non, à condition que vous ne parliez pas!... » mais elle n'osa pas et, pour la seconde fois, elle dit poliment, sans restriction aucune :

— Non... pas du tout !...

Achères la regarda d'une certaine façon, scrutant — sans perspicacité d'ailleurs — sa physionomie indifférente, et se demandant si ce « pas du tout » pouvait être considéré comme un encouragement. La réponse fut affirmative. Peu habitué à voir repousser ses hommages, il se disait, confiant, que madame de Brias, en dépit de sa grande beauté et de son apparence correcte, devait être, au fond, une femme comme les autres.

Yvonne, elle, avait oublié Achères et même Roland. Reprise par la peinture, elle s'était arrêtée devant un tableau et s'absorbait dans une contemplation silencieuse. Il crut que cette attention était jouée et que, par coquetterie — la coquetterie était la seule intelligence qu'il accordât aux femmes — elle affectait de ne pas s'occuper de lui. Fort de cette conviction, il s'écria :

— Avez-vous bientôt fini, voyons?... de regarder tous ces affreux machins-là?...

— Ces affreux machins!... un Claude Lorrain?...

— Tiens!... il peint aussi?...

— Qui?...

— Lui! .. je savais qu'il écrivait, je ne savais pas qu'il peignait...

— Moi je ne savais pas qu'il eût jamais écrit...

— Comment?... mais il écrit encore!...

Et comme Yvonne faisait un mouvement, il s'expliqua :

— Du moins, je le crois!... Oui... dans *Le Journal*... il me semble bien...

— Oh!... — fit-elle saisie — c'est Jean Lorrain que vous voulez dire, probablement?...

— Oui... est-ce qu'il y en a un autre?...

Il se pencha et lut l'inscription du cadre :

— *Claude Gelée... dit le Lorrain... 1600-1680...* Cristi!... ben, il a pu en faire, des tableaux!...

Il eut l'intuition que madame de Brias commençait à s'énerver et il reprit :

— Je vous demande pardon.., je ne suis pas très ferré sur les peintres morts... sur les auteurs non plus, d'ailleurs... Je suis plus au courant des vivants... alors je pensais que...

— Il n'y a pas de vivants au Louvre...

— Ah! bah!... Pourquoi?...

— . . . .

— Mais alors, où met-on toute la peinture du Salon?...

— Au Luxembourg... dans les musées de province, dans les mairies... ou nulle part...

Il embrassa la salle d'un regard circulaire :

— Dommage!... parce que si on mettait quelques tableaux clairs au milieu des vieux, ça ne ferait pas de mal!... Tous ces craquelés noirs ne sont pas rigolos à voir, vous savez?...

— Eh bien, ne les regardez pas!...

— C'est vrai!..., ça serait plus gentil de causer... de causer gentiment tous les deux... car on est très bien pour causer, ici!... les salons sont grands... il y fait frais... s'il n'y avait pas les tableaux, ça serait tout à fait réussi...

Yvonne, à présent, regardait Achères avec une sorte de sympathie. Elle lui savait gré de sa franchise.

Il n'était guère plus ignorant, après tout, que la moyenne des gens de sa coterie — une petite bande de fêtards inutiles et tapageurs — mais il avait, du moins, cela de bon qu'il ne dissimulait pas comme ses pareils, sous un faux savoir, sa formidable nullité.

Un gardien venait de se lever de la banquette de velours où il se reposait. Achères indiqua à madame de Brias la place vide :

— Asseyons-nous là un instant... Ne me refusez pas ça?...

Mais elle résista. Elle en avait assez de sa visite au Louvre dans ces conditions-là! Elle abandonna le Lorrain, devant lequel elle était machinalement demeurée. Et jetant un regard de regret au joli ciel rose et gris orangé; à la mer verte où scintillait un lumineux rayon de soleil; aux galères élégantes, dressant haut leurs mâts aux fins cordages, elle répondit :

— Il faut que je rentre...

Il se récria :

— Que vous rentriez!... mais il n'est pas trois heures!...

— Je le sais... mais il faut que je m'habille pour aller chez madame d'Argonne... il y a un siècle que je ne l'ai vue...

— Elle est ravissante, madame d'Argonne!...

Et brusquement, maladroitement, il corrigea :

— Mais pas à côté de vous!... à côté de vous, pas une beauté ne tient!...

— Je vous en prie... — dit Yvonne qui s'agaçait peu à peu — ne me faites pas de compliments, j'ai ça en horreur...

Devant la mine chagrine d'Achères, elle eut un remords et corrigea :

— Ici... ici surtout... où je voudrais regarder en paix ce qui m'amuse...

— Regardez... regardez... je ne dis plus rien...

Pendant deux ou trois minutes, il suivit silencieusement la jeune femme. Puis, ne pensant plus du tout à sa promesse, il demanda :

— Comme ça, vous irez à cinq heures chez madame d'Argonne ?...

— Oui... pourquoi ?...

— Parce que j'irai aussi...

— . . . .

— Ça ne vous déplaît pas ?...

— Mais non !... ça m'est bien égal !...

Elle se penchait pour regarder le *Port de mer au soleil couchant*, et il admirait sa taille souple que l'on sentait complètement libre. Alors, il questionna :

— Vous ne mettez pas de corset, n'est-ce pas ?...

— Je croyais que vous ne deviez plus parler ?...

— Vous avez une taille merveilleuse !... une taille unique...

— Unique !... c'est convenu !...

— Vous avez l'air de rire, mais vous le savez bien, que vous êtes mieux faite que toutes les autres... Je vous regardais ce matin encore à cheval...

— Ce matin ?... je ne vous ai pas vu...

— Non... je le pense bien !... vous étiez tellement entourée... mais je vous ai bien vue moi !... j'ai marché derrière vous pendant une demi-heure... espérant toujours une éclaircie qui me permît d'approcher... j'avais quelque chose à dire à Brias... c'est à sujet d'un match de tennis pour le vingt juin...

— Le vingt... nous serons partis...

— Partis ?... pour où ?...

— Pour Attigny, ou pour la Bretagne...

— Déjà !... vous irez à la campagne avant le vingt juin ?...

— Mais oui... nous partons habituellement dans la première semaine...

— C'est joli, Attigny ?...

— Très joli...

— Où est-ce que ça perche ?...

— Ça perche auprès de Pont-sur-Meurthe... tout près... à deux kilomètres...

— Ah !... quelle veine !...

— Pourquoi est-ce une veine qu'Attigny soit à deux kilomètres de Pont-sur-Meurthe ?...

— Parce que c'est là que je fais mes vingt-huit jours cet automne... au 20ᵉ cuirassiers...

— Tiens !... c'est le nouveau régiment de mon oncle d'Audierne !... vous êtes soldat ?...

— Mais pas du tout... je suis capitaine... et votre oncle, qu'est-ce qu'il est ?...

— Colonel...

— Mais non... c'est Adèle, le colonel du 20ᵉ !...

Madame de Brias répondit en riant :

— Vous retardez... Adèle est général...

— Comment ?... — fit Achères étonné — vous aussi, vous connaissez Adèle ?...

— De réputation... et depuis ce matin seulement... mon oncle d'Audierne nous en a parlé...

— Où est-elle, à présent ?...

— A Pont-sur-Meurthe, précisément !...

— La voilà bien, la guigne !...

— Comment est-elle donc Adèle ?...

— Comment elle est...

Il étendit la main vers le portrait de Fagon, par Jouvenet, et dit :

— Tenez !... elle ressemble à ce vieil homme-là !...

— Ah ! bah !...

— En laid...

Yvonne sortait de la salle. Il demanda, inquiet :

— Vous ne vous en allez pas encore ?...

— Si... mais avant, je veux revoir le portrait de madame Adélaïde, parce que, Suzette et moi, nous voulons copier la robe qui est ravissante... N'est-ce pas, elle est ravissante ?...

Elle venait de s'arrêter devant le portrait de Nattier, et regardait attentivement la robe de velours bleu garnie de zibeline. Se tournant vers Achères, qui lui aussi admirait, conquis par la grâce de cette peinture aimable, elle expliqua :

— Voyez-vous... ce qui est en fourrure

nous voulons le faire, Suzette en roses pompon, et moi en jasmin jaune... ça sera joli, n'est-il pas vrai?...

Il répondit :

— Très joli...

Puis, examinant la petite princesse, qui sortait comme une fleur de l'étalement de ses jupes bleues, il dit convaincu :

— Alors, c'est ça madame Adélaïde ?... Ben, le général Athalin n'a pas dû s'embêter !...

— Mais non !... ce n'est pas cette madame Adélaïde-là !... voyons ?... Celle-là, c'est la fille de Louis XV...

— Ah !... — fit Achères avec simplicité — je ne savais pas qu'il en eût deux... J'ai entendu mon grand-père raconter que madame Adélaïde avait épousé le général Athalin... et alors...

Il regarda encore la jolie frimousse rose et drôlette du portrait et conclut :

— Je regrette pour lui que ça n'ait pas été celle-là...

Yvonne venait d'apercevoir l'heure à une des pendules de bois, posées sur des tablettes auprès des portes. Elle dit :

— Il est très tard... il faut que je parte...

— Je vais vous remettre en voiture...

— Non, je rentre à pied...

— Dans ce cas, permettez-moi de vous reconduire ?...

Madame de Brias pensa qu'Achères était bien gentil, mais un peu collant. Pour l'excuser, elle se dit qu'il était gâté, et que les hommages qui l'ennuyaient, elle, eussent fait la joie de beaucoup d'autres.

Ils étaient arrivés à la sortie. Yvonne s'arrêta surprise, en apercevant devant la porte la victoria qui attendait.

— Tiens !... — fit-elle — on m'a envoyé la voiture !...

Achères dit :

— Voilà Brias !...

Monsieur de Brias, qui se promenait sur le trottoir, avait pressé le pas et accourait souriant vers sa femme. Mais en apercevant derrière elle la longue silhouette d'Achères, son visage se rembrunit.

Et Yvonne, qui s'avançait souriante, s'arrêta brièvement.

rêta décontenancée, devinant ce qui se passait dans l'esprit de son mari. Elle demanda :

— Comment avez-vous su que j'étais au Louvre ?...

— C'est maman qui m'a dit que vous deviez y aller...

— Y aller, oui... mais j'aurais pu être partie...

— J'ai demandé au gardien s'il avait vu entrer une dame de telle et telle façon... en robe verte... il m'a dit que oui... je lui ai demandé s'il l'avait vue sortir... il m'a dit que non... Et comme cette porte est celle qu'on prend généralement, j'ai attendu...

Il l'enveloppa d'un regard désolé et ajouta :

— Et j'ai eu raison !...

Puis, après avoir dit à Achères un très sommaire bonjour, il fit monter Yvonne en voiture et s'assit près d'elle en donnant au cocher l'ordre de rentrer.

III

— As-tu fait ce que tu voulais faire, ma petite Yvonne ?... — demanda madame d'Attigny, en se mettant à table, à sa petite fille qui s'asseyait sans dire un mot.

— Oui, grand'mère...

— Tu es allée au Luxembourg ?...

— Oui, grand'mère...

La comtesse interrogea en riant :

— Tu n'y as pas fait de mauvaises rencontres ?...

— Non, grand'mère... — répondit Yvonne — qui rougit en pensant à ses trois petites aventures.

— Non, grand'mère !... Oui, grand'-mère !... tu n'es pas bavarde ce soir, ma petite enfant !... Es-tu allée aussi au Louvre comme tu en avais le projet ?...

— Oui, grand'mère...

Et elle ajouta, pour allonger sa phrase :

— Je suis allée au Louvre aussi...

— Et là non plus, tu n'as pas fait de mauvaises rencontres ?...

— Il paraît que si !... — répondit Yvonne

Madame d'Attigny regarda la jeune femme, puis ses yeux se portèrent sur son petit-fils. Antoine mangeait son potage d'un air absorbé.

La comtesse comprit que mieux valait ne pas insister, d'autant plus qu'il lui sembla qu'Yvonne avait les yeux rouges et meurtris.

A ce moment, Suzette entra en coup de vent et vint tomber sur sa chaise avec fracas :

La grand'mère dit, mécontente et douce :

— Tu es encore en retard... tu sais pourtant que je déteste ça !...

— C'est à cause de ma robe...

— A cause de ta robe ou d'autre chose... tu es inexacte et c'est un défaut abominable !... un défaut goujat... Oui... parfaitement !... goujat comme tous les défauts qui ne gênent que le voisin et non pas celui qui les a...

Suzette joignit les mains, avança les lèvres et dans une attitude comique, promit :

— Le ferai plus, grand'mère !...

Puis, suivant son idée :

— Ce qu'elle est chic, ma robe !... vous allez voir ça !...

Antoine dit :

— Malheureusement, ma pauvre petite Suzette, elle ne va pas servir !... du moins, pas ce soir... Nous n'irons pas chez les Ligny... ta sœur est un peu fatiguée...

— Oh !... — fit la petite avec une expression si infiniment désappointée que madame de Brias s'empressa de la rassurer :

— Mais non... mais pas du tout !... je sortirai tout de même...

— Dans tous les cas, si Yvonne veut se reposer, je suis là, moi... — dit la comtesse — et je te conduirais s'il le faut...

Contente, Suzette se mit à dévorer, tout en racontant sa toilette avec volubilité :

— Ce qu'elle est fraîche, ma robe !... on dirait un nuage au lever du soleil... ou bien une crème à l'ananas...

— A l'ananas ?... — demanda madame d'Attigny étonnée — elle n'est cependant pas jaune, j'imagine ?

— Un peu, qu'elle est jaune !...

— Mais c'est absurde !... les petites filles ne s'habillent pas en jaune...

— Parce que ?...

— Parce que ce n'est pas une couleur jeune...

— Ça dépend de ce qu'elle entoure, ça !... ainsi, moi, je me défie bien, en jaune ou autrement, d'avoir l'air vieux !...

— C'est ça, fais-toi des compliments, à cette heure !...

— C'est pas des compliments !... Je sais très bien que je ne suis pas jolie, jolie, allez !... j'ai des petits yeux, un gros nez et une grande bouche... mais pour ce qui est des dents, de la peau et des cheveux, je ne crains personne !...

Et comme la grand'mère riait sans répondre, elle continua :

— C'est pour ça que ça m'a amusée de m'habiller en jaune... à cause de la tradition qui ne veut pas que ça aille aux blondes... en v'là une idiote de tradition !... C'est-à-dire qu'il n'y a rien de plus joli au contraire !... des sourcils et des cils dorés, des cheveux paille et une robe soufre... c'est la symphonie en jaune... et, dans tous les cas, ça me va !...

Elle posa ses doigts sur sa bouche, et y mit en riant un baiser sonore. Puis, comme tous restaient absorbés, elle s'écria gaiement dans le silence :

— Ne parlez pas tous à la fois !...

— Voyons, Suzette — dit Brias agacé — ne sois pas harcelante comme ça...

Le regard clair de la petite fit le tour de la table. Elle vit la mine attristée de son frère, les yeux rouges d'Yvonne et l'air préoccupé de madame d'Attigny. Alors, son gai visage se fit presque sérieux et elle se tut.

Mais, après le dîner, Suzette s'étonna de voir durer un silence qu'elle croyait commandé par la seule présence des domestiques. Elle comprit que si pour parler — si on devait parler — son départ était attendu, et, après avoir servi lestement le café, elle s'en fut en disant :

— Moi... je vais me donner un coup de fion !...

La comtesse ne fit pas, au sujet de cette façon de parler, son observation inutile et coutumière, mais, dès que la petite fut sortie, elle se retourna vers les Brias.

Yvonne buvait son café, assise auprès de la table, sous la lampe qui éclairait son joli visage un peu pâli.

Debout au milieu de la grande pièce, Antoine semblait regarder avec un vif intérêt les petits trous qui se formaient sur le morceau de sucre, en train de fondre, qu'il tenait dans la cuillère au-dessus de la tasse.

Madame d'Attigny s'enfonça dans sa bergère, croisa ses mains sur ses genoux et dit :

— Je vous écoute, mes enfants !... car je présume qu'avec des têtes pareilles vous devez avoir quelque chose à me dire ?...

Antoine expliqua avec embarras :

— Oui... grand'mère... et... vous allez nous trouver bien capricieux, bien changeants...

— Va toujours !... je déteste les préliminaires...

— Ce que vous nous proposiez l'autre jour et que nous avons refusé... Eh ! bien, nous l'acceptons, nous le voulons même aujourd'hui...

— Quoi donc, mon petit ?...

— Quitter Paris... nous installer à Attigny tout à fait...

— Ah !... qu'est-ce qui est arrivé ?...

— Rien !... — dit Yvonne en souriant — vraiment rien du tout, grand'mère...

Antoine reprit, le visage bouleversé, l'accent presque suppliant :

— Rien de précis... c'est possible !... mais un tas de petites choses, de petits incidents qui me rendent horriblement malheureux... vous ne pouvez pas savoir...

— Mais si, je sais... il n'y a qu'à te regarder pour s'en convaincre, que tu es malheureux !... Seulement je ne comprends pas un mot... tu me parles de choses, d'incidents ?... Quelles choses ?... quels incidents ?...

— Il vaudrait bien mieux — dit Yvonne — raconter tout bonnement à grand'mère ce qui s'est passé...

La comtesse demanda :

— Il s'est donc passé quelque chose ?...

— Oui !... c'est-à-dire non !... enfin, voilà !... Tantôt, vous m'avez dit qu'Yvonne était allée au Luxembourg et ensuite au Louvre ?...

— Oui... eh bien ?...

— Eh bien, je suis allé la chercher au Louvre pour la ramener en voiture... j'ai fait au gardien sa description, et j'ai su quelle était probablement encore dans le musée... alors, j'ai attendu...

— Et elle n'est pas venue ?..

— Si... elle est sortie... et devinez avec qui ?...

— Mon enfant, je ne m'en doute pas !... répondit de l'air le plus naturel la comtesse qui, à l'instant même, avait deviné le compagnon de sa petite-fille.

— Avec Achères...

— Ah !... et c'est mal, ça ?...

— Mal ?... enfin !... ça n'est dans tous les cas pas correct... Achères est très amoureux d'Yvonne...

— Il n'est pas le seul !...

— Non... mais, lui, met dans sa poursuite une persistance... Et puis... il y a dans cette histoire d'aujourd'hui des points qui m'ont semblé louches...

Et comme sa femme faisait un mouvement :

— Je dis qui « m'ont semblé » seulement... mais enfin, grand'mère, je vous fais juge ?...

— Oh ! mon petit !... je serai très mauvais juge dans ce cas !... Je connais Yvonne, je vois sa vie, et je la sais, pour l'instant, incapable de te tromper...

— Me tromper ?... Vous avez des mots abominables !...

— Si tu veux m'indiquer une autre façon de désigner l'accident que tu redoutes...

— Enfin, grand'mère, mettez-vous à ma place... Yvonne, tantôt, refuse la voiture que vous lui offrez, pour aller, soit-disant, promener Suzette...

— Suzette n'a pas voulu sortir...

— Oui... je le sais maintenant... mais tout à l'heure je ne le savais pas !... Je rentre à trois heures pour chercher la canne de l'oncle Georges, et vous me dites qu'Yvonne est au Louvre...

— Je te le dis en réponse à une question...

— Parbleu !... j'étais abruti !... je venais d'apercevoir Suzette, que je croyais sortie, dans la lingerie avec Pauline... elles étaient en train de repasser une robe sur des trépieds...

— Teaux... des tréteaux...

— Oui !... je lui crie : « Où est ta sœur ?... » elle me répond : « J'en sais rien !... » Naturellement j'étais affolé...

— Le fait est qu'il y avait de quoi !...

— Ne vous moquez pas de moi !... Quand je suis parti pour chercher Yvonne au Louvre, j'étais déjà inquiet... alors, quand je l'ai vue sortir avec Achères, vous comprenez quel coup ça m'a donné ?...

— Non... je ne comprends pas !...

— Yvonne est ravissante... elle est admirée, courtisée, convoitée par tous ces snobs et ces désœuvrés qui sont notre société de tous les jours... et qui ne se donnent même pas, d'ailleurs, la peine de se cacher de moi !... Moi, je ne vis pas de la sentir dans ce tourbillon mondain... dans cette atmosphère empestée d'hommages... à Attigny je serai tranquille !... nous vivrons sainement dans la paix des champs !... Écoutez, grand'mère, il y a huit jours vous me démontriez par d'excellents raisonnements que, là-bas, je pourrais élever, m'occuper de politique, enfin faire quelque chose, tandis qu'ici je ne suis bon à rien... Vous ne pouvez pas avoir changé d'idée déjà ?...

— Mais non... je n'ai pas changé...

— Eh bien, alors ?...

La comtesse se tourna vers sa petite-fille :

— Et toi, Yvonne, qu'est-ce que tu en penses, de cette idée de vivre dans « la paix des champs », comme dit ton mari ?...

Brias affirma vivement :

— Mais nous sommes d'accord...

— C'est à ta femme que je m'adresse et pas à toi... Voyons, ma petite Yvonne, parle-moi franchement ?...

La jeune femme répondit, sincère :

— Mais je veux très bien habiter la campagne tout à fait...

— Tu ne redoutes pas un peu cet isolement ?... cette transplantation ?..

— Non !... ma vraie transplantation c'est d'avoir été amenée de Bretagne à Paris... de ça, pendant longtemps, j'ai terriblement souffert !... Je n'ai guère passé plus d'une semaine à Attigny, puisque nous allions toujours en Bretagne pendant que vous y étiez, mais je trouve que c'est superbe... d'autre part, je rejoindrai en Lorraine mon frère et Claude... ils sont à Pont-sur-Meurthe pour des années, puisque le régiment vient d'y arriver seulement... Voilà l'oncle Georges qui en prend le commandement... nous serons tout à fait en famille...

— Et tu ne regretteras pas tes succès ?... ta petite cour ?... et les musées ?... et les théâtres ?... et tout ce mouvement mondain, pour lequel tu es si bien faite ?...

— Je regretterai peut-être un peu tout ça au commencement... mais je me ferai là-bas une autre vie... et puis, vraiment, ici où je m'amuse, je me tourmente tant de voir Antoine malheureux que ça me gâte tout mon plaisir...

— Réfléchissez encore, mes enfants ?...

Brias répondit avec emportement :

— C'est tout réfléchi, grand'mère !...

Madame d'Attigny le toisa avec une sorte de bienveillant mépris, en disant :

— Ce que les hommes sont égoïstes !...

Puis tout à coup, se souvenant :

— A propos d'hommes, qu'est-ce que je vais faire de Fred, moi, là-bas ?...

— Vous pouvez être sûre qu'il ne manque pas de chauffoirs à Pont-sur-Meurthe... vous oubliez toujours qu'il y a cent mille habitants...

— C'est vrai !... et, à un certain point de vue, il sera peut-être plus facile de tenir Fred à Attigny qu'à Paris... la province est encore vertueuse...

La porte fut heurtée, sans pourtant qu'on y frappât. Et, une seconde après, Suzette apparut dans un envolement de gaze d'un jaune délicat, une sorte de citron pâle, d'où elle sortait toute rose avec, aux épaules et comme tombées dans la jupe, des branches de pommiers en fleurs. Sur le haut de sa tête, ses cheveux blonds, tordus en une coque bizarre, s'enfilaient dans une toute petite couronne de fleurs de pommier qui se mêlaient à la mousse d'or pâle des boucles.

Elle s'arrêta, éclairant la grande pièce de sa resplendissante fraîcheur, et dit, en riant :

— Il est dix heures vingt!... On devait partir à dix heures... la voiture attend... et je me permettrai de vous faire remarquer que l'inexactitude est un vilain défaut... qui ne gêne que celui qui l'a... et que celui-là ce soir, ça n'est pas moi...

Elle s'interrompit, et, sautant à une autre idée :

— Au fait!... qui est-ce qui me conduit?..

— Moi!... — dit la comtesse qui se leva — j'aurai plus vite fait de m'introduire dans ma robe de velours mauve que ta sœur de se pomponner comme il faut... et puis... elle a besoin de repos...

Suzette appuya son regard malin sur les Brias. Elle jugea la situation moins tendue que pendant le dîner et, levant vers sa grand'mère son petit nez fureteur, elle demanda :

— A présent... que ça m'a l'air d'aller mieux... peut-on, sans indiscrétion, savoir ce que vous aviez tous ce soir ?... Est-ce qu'il est arrivé quelque chose?... qu'est-ce qu'il y a?...

— Il y a — répondit madame d'Attigny — que décidément, nous vendons l'hôtel...

La petite s'arrêta, la bouche ouverte, les yeux écarquillés.

— Non!... et on va à Attigny pour tout à fait?...

— Oui...

— Si je m'attendais à celle-là, par exemple!... Et pourquoi s'en va-t-on?... pourquoi ça s'est-il décidé comme ça tout d'un coup... sans qu'on crie gare?...

— Nous avons réfléchi...

— Ah!... zut!...

— En vérité, ma petite enfant, tu as une façon de t'exprimer!... Allons, viens!...

Suzette suivit sa grand'mère, en disant d'un air ahuri :

— Ben, en v'là une histoire!...

VI

Suzette, portant dans ses bras une montagne de lilas, s'arrêta en haut de l'escalier de la terrasse, cligna des yeux et dit :

— Vous faites un très joli effet!... grand'-mère et son tricot... Yvonne et son hamac... Antoine et ses journaux... avec les vieilles tours qui vous servent de fond, c'est un tableau!... Si monsieur Justel était là, il vous photographierait...

— Oui... — répondit madame d'Attigny — mais il n'y est pas, heureusement!...

Suzette questionna :

— Pourquoi heureusement ?... il est bien gentil, le pauvre homme!...

— Très gentil... mais il me porte sur les nerfs avec ses plaques, ses pellicules, ses instantanés et tout le bazar qu'il trimballe toujours avec lui... Si on a le malheur de croiser les jambes, ou de bâiller, on s'aperçoit aussitôt le lendemain dans une pose disloquée, ou la bouche en caverne!... avec cet objectif toujours bloqué sur soi, on ne peut même plus se mal tenir ou faire des grimaces..

D'un mouvement brusque, Suzette venait de lancer sa charge de lilas sur la vieille table de pierre.

La pile de fleurs chavira, roulant sur le journal que lisait Antoine de Brias. Il grogna, surpris :

— Mais fais donc attention, voyons!...

— Pardon!... — fit la petite en riant — pardon de t'avoir troublé dans la lecture du *Petit Est* !... Ce que ça doit être palpitant, *Le Petit Est* !...

Elle s'inclina vers son frère et lut la date imprimée au coin du journal :

— Trois mai!... Il y a juste aujourd'hui un an que nous sommes ici!...

Et, indifférente et gaie, elle conclut :

— Ça s'est tiré tout de même!...

Antoine dit :

— Tiens!... c'est vrai... on a couru le Derby hier...

Il parcourait *Le Gaulois* qu'il venait d'ouvrir, et il remarqua, surpris :

— Vous ne me demandez même pas quel cheval a gagné ?...

Du hamac où elle se balançait, Yvonne récita, docile :

— Qui est-ce qui a gagné ?...

La comtesse posa son tricot sur ses genoux et dit :

— Si on a couru hier le Derby, c'est dans quinze jours le Grand-Prix... Alors on va revenir...

— Autrefois, — fit Suzette, occupée à aligner les branches de lilas, — revenir, ça voulait dire pour nous rentrer à Paris... à présent, c'est quitter Paris qui est, pour nous, revenir !... Ah !... y a pas ! nous sommes province !...

La comtesse demanda, inquiète :

— Est-ce que tu regrettes Paris ?..

— Je le regrette sans le regretter !... Je m'arrange très bien ici... seulement, tout de même, à Paris, c'était plus mouvementé...

Elle se tourna vers sa belle-sœur et acheva :

— N'est-ce pas, Yvonne ?...

Étendue dans le hamac où, au travers des mailles de soie, transparaissait son corps souple, madame de Brias, le visage immobile, le regard perdu, ne parut pas entendre et ne bougea pas. Alors Suzette dit en riant :

— Elle est si loin... si loin... qu'elle ne nous entend même plus !...

— Mais qu'est-ce qu'elle a ?... — fit Antoine qui se leva.

— Laisse-la donc tranquille !... qu'est-ce que tu veux qu'elle ait ?... elle rêve les yeux ouverts !... voilà tout !... « La paix des champs », comme dit grand'mère... ça fait rêver !... oui !... moi aussi je rêve, à présent !... à Paris je n'avais pas le temps... Yvonne non plus...

Comme madame d'Attigny et Antoine ne répondaient pas, la petite reprit, le sourire malin, la voix narquoise :

— Alors, comme ça, ils vont revenir, nos bons voisins ?...

Brias dit :

— Les Ligny reviennent la semaine prochaine... j'ai reçu un mot de Ligny ce matin...

Suzette leva vers son frère son petit nez drôle :

— Ah !... il t'a écrit, monsieur de Ligny ?... Sait-il que tu te présentes ?...

— Que je me présente à quoi ?...

— Ne fais donc pas l'étonné !... Si tu crois que je ne vois pas ce qui se passe, tu te trompes, va, vieux frère !...

— Qu'est-ce qui se passe ?...

— Eh bien, tu es en train de suggérer tout doucettement et silencieusement aux gens d'Attigny... et d'ailleurs... de te porter aux élections prochaines...

— Mais, en vérité...

— Et comme monsieur de Ligny ne cache pas son intention de se porter aussi, je ne sais pas jusqu'à quel point ça va le réjouir de te voir te mettre en travers... C'est une rude arête à avaler, ça, tu sais ?...

Tout à coup, abandonnant brusquement ses fleurs, la petite bondit vers la comtesse :

— A propos d'arête, j'oubliais !... Grand'-mère !... Joséphine m'a chargée de vous dire que la femme de Flavigny, qui devait apporter le poisson pour ce soir, n'est pas venue...

— Ah !... mon Dieu !... — dit madame d'Attigny agacée — qu'est-ce qu'on va faire ?...

— Oui... qu'est-ce qu'on va faire ?... C'est justement ça que Joséphine demande ?...

— Eh bien, je ne sais pas, moi !... des poulets Marengo, peut-être bien ?... J'espère qu'on trouvera dans le village deux poulets bons à manger tout de suite...

— Deux poulets — fit Yvonne sortant de sa rêverie — est-ce que ce sera assez, grand'-mère ?...

— Mais il me semble que oui... Combien sommes-nous donc ?...

— Il y a nous quatre... et Fred, cinq... Tiens !... où est-il donc, Fred ?... on ne l'a pas vu depuis le déjeuner ?...

Madame d'Attigny répondit :

— Il travaille, probablement...

Tandis que Suzette marmottait entre ses dents :

— Non... sûrement il dort !... C'est son heure...

— Finissons notre compte — reprit la comtesse — nous disons cinq ici... les Plouaret, sept... les Granpré, neuf... ton oncle Georges, dix... monsieur Justel, onze... les Gibaud, treize... qui donc encore?... Aide-moi, Suzette?...

— C'est tout, grand'mère...

— Comment... on est treize?...

— Dame!...

— Ce n'est pas possible!... madame de Granpré a une peur affreuse d'être treize...

— Pauv' chérie!... — fit Suzette en riant.

— Qui inviter à présent?... il est trois heures...

— Le curé!... — proposa Antoine — voulez-vous que j'aille voir s'il est chez lui?...

Mais la comtesse se récria :

— Non!... Adèle va être décolletée jusqu'au ventre... et la petite Gibaud nous sortira aussi tout ce qu'elle a, avec une fleur de lotus au milieu... je trouve de très mauvais goût de faire assister le curé à ces exhibitions-là !...

— Alors?... qui?...

— Qui?... nous verrons ça tout à l'heure... en attendant, va, toi, Suzette, dire de faire deux poulets Marengo pour remplacer le poisson... Et vite... on n'a que le temps de s'en occuper...

Brias, qui regardait dans la direction de la Moselle, dit :

— J'aperçois au bord de la rivière deux points noirs qui viennent par ici... l'un des deux m'a tout l'air d'être le bon Justel...

Il regarda sa montre et reprit :

— C'est d'ailleurs son heure de leçon...

— Quel brave garçon que ce Justel !.., — fit madame d'Attigny convaincu — bon, fin, dévoué... et pas pion, celui-là !... N'était sa manie de vous photographier à tout bout de champ, il serait parfait...

Elle avait pris une lorgnette posée dans son panier à ouvrage et regardait la route. Elle dit :

— C'est parfaitement Justel... avec un individu tout en noir... je ne sais pas du tout qui c'est, celui-là?...

Suzette, accoudée aux balustres de la terrasse, répondit :

— C'est monsieur Gottland !...

— Qu'est-ce que c'est que ça, monsieur Gottland?... — demanda la comtesse.

— Mais vous savez bien, grand'mère !... c'est le nouveau professeur que vous avez permis à monsieur Justel de vous présenter...

— Ah! oui !... je me souviens !...

— Eh bien, mais, le voilà, le quatorzième demandé !...

Et sans attendre la réponse de madame d'Attigny, elle s'éloigna, expliquant :

— Je vais m'occuper des poulets et écrire mes menus...

— Veux-tu que je t'aide?... — proposa Yvonne, sortant à demi de son hamac.

— Mais non... mais non !... — fit la comtesse — elle n'a pas besoin de toi...

Et elle cria à la petite, qui déjà disparaissait dans le château :

— Préviens Fred que son professeur est là!... qu'il ne se fasse pas attendre, n'est-ce pas?...

— Voici monsieur Justel qui monte par la terrasse !... — dit Brias qui se leva pour aller à la rencontre des visiteurs.

M. Francis Justel, professeur de philosophie au lycée de Pont-sur-Meurthe, était un homme de quarante ans à peu près, immensément grand, mal bâti, à la fois dégingandé et vigoureux.

Il avait de larges épaules en porte manteau, le cou et les bras trop longs, des pieds et des mains extraordinaires. Sur son grand cou, toujours incliné ou fléchi, se dressait une tête toute petite où, dans un fin visage pâlot, luisaient des yeux tendres. Les dents brillaient entre les grosses lèvres pleines de bonté, le nez, de courbe hardie et pure, paraissait démesurément long dans la figure maigre, au pommettes saillantes, aux joues ravinées. Mais ce qui surtout frappait dans l'étrange silhouette du professeur, c'était une inexprimable gaucherie, une étonnante maladresse, une allure inquiétante et falote.

Il s'avança à pas inégaux et hâtifs vers madame d'Attigny, et dit, en démasquant le personnage qui le suivait :

— Monsieur Samuel Gottland... professeur à l

faculté des lettres de Pont-sur-Meurthe... récemment promu...

La comtesse serra la main de Justel et fit un gracieux salut au jeune homme qui s'inclinait devant elle. Et ce faisant, pensa :

— Il me déplaît, cet olibrius !...

Le nouveau venu n'était pourtant pas laid. Blond, extraordinairement mince, de taille moyenne, de tournure assez élégante, avec un visage insignifiant et régulier, de beaux yeux aux paupières lourdes et une bouche aux lèvres minces et sinueuses, il formait avec son compagnon un contraste absolu. Moralement aussi, il différait. En dépit d'un effort continu de paraître, il avait évidemment moins de branche, moins de personnalité que lui.

Et tandis que monsieur Justel flottait dans des vêtements sans nom et qu'on eût pu croire achetés à la morgue, tant ils s'adaptaient peu à son grand corps baroque, monsieur Gottland portait avec une certaine aisance, une redingote coupée par un bon tailleur. A sa boutonnière, une décoration étrangère se mêlait u ruban d'officier d'académie.

Il s'assit et, sans rien dire, se mit à examiner le château d'un air indifférent et las.

— N'est-ce pas que c'est beau, Attigny?... — demanda Francis Justel — Je ne vous avais pas trompé...

— Oui... c'est très bien... La corniche est solie.. il n'y a qu'au palais Ducal de Pont-sur-Meurthe que j'aie vu ce modèle en torsade, qui est vraiment une trouvaille...

— C'est superbe!... — dit Justel radieux de voir admirer le vieux château qu'il aimait si fort — et l'intérieur!... une merveille, l'intérieur!.... vous verrez...

Il s'arrêta, craignant de paraître imposer la visite du château un jour où, précisément, on recevait sur la terrasse, et il ajouta :

— Vous verrez une autre fois...

— Mais non!... — fit la comtesse — saisissant l'occasion indiquée par Suzette de se procurer le quatorzième désiré, — monsieur Gottland verra l'intérieur d'Attigny cette fois, s'il veut bien comme je l'espère, nous faire le plaisir de rester à dîner avec nous?...

Le jeune professeur salua et remercia avec grâce tout en indiquant d'un geste vague qu'il n'était pas en tenue de soirée. Mais la comtesse l'interrompit :

— Si fait... vous êtes très bien comme ça!... Justel n'est pas habillé, lui non plus!...

Gottland enveloppa son compagnon d'un regard chargé de mépris aimable, semblant refuser tout rapprochement entre le « mal fichu » — qui se balançait heureux, les yeux au ciel, dans le grand fauteuil de bambou — et lui-même, élégant et correct.

Il allait de nouveau formuler un refus, lorsque Fred parut sortant du château, les cheveux broussailleux, les yeux gonflés, les traits bouffis, suivi de sa sœur merveilleusement fraîche dans sa robe de mousseline blanche à raies bleues, entre lesquelles serpentait un fin cordon de petites roses. Elle courut à Antoine et lui dit à l'oreille :

— Prends vite ton fusil... pour aller tuer un poulet...

— Qu'est-ce que tu me chantes?... — fit-il étonné — mon fusil pour tuer un poulet?...

Elle expliqua :

— Mais oui !... c'est bien simple !... on n'a pu en trouver qu'un bon à la maison... dans le village, il y a une femme qui en a un très beau... et bon aussi à tuer... seulement, celui-là, il est sauvage... on court après lui depuis une heure... et personne ne peut arriver à le prendre... faut que tu le tues...

— Mais Cyprien peut bien faire ça !...

— Il n'est pas là, Cyprien !... quand on a vu que le poisson n'arrivait pas, alors on l'a envoyé à Flavigny avec l'âne...

— Ah!... c'est encore une bonne idée, ça !...

— Allons!... viens vite tuer le poulet...

— Que le diable vous emporte !... toi et ton poulet!... — fit Antoine en se levant — où est-il?...

— Dans la haie derrière le potager... contre la maison de Cyprien... Quand on veut le prendre, il saute sur les sapins et se perche... quand on approche des sapins, il rentre dans la haie... et ça dure comme ça

depuis une demi-heure !... tu comprends...
on n'aura plus le temps de le cuire...

— C'est bon... j'y vais...

Suzette traversa la terrasse et vint dire
bonjour à monsieur Justel, sans paraître voir
Gottland assis à deux pas de lui. Et, tout à
coup, elle fit un mouvement de surprise. Alors,
très correct, le jeune professeur se leva et
s'adressant à Justel, demanda :

— Voulez-vous me présenter à mademoiselle de Brias ?...

— Mademoiselle Suzette — fit Justel, se
levant aussi — monsieur Samuel Gottland,
dont je vous ai parlé...

La petite salua légèrement et, sans plus
faire attention au jeune homme, s'en fut d'un
air discret s'asseoir à côté de sa belle-sœur.

Pendant ce temps, Fred, debout devant sa
grand'mère, subissait avec embarras un véritable interrogatoire.

— Tu n'es pas malade ?...

— Mais non, grand'mère...

— C'est que tu as une tête !... regardez
moi un peu cette tête, monsieur Justel ?...
qu'est-ce que vous en dites ?...

— Mais rien, madame... rien...

— Qu'est-ce que tu faisais là-haut ?...

Avec hésitation, le petit répondit :

— Je travaillais, grand'mère !

— Pensez-vous qu'il sera en état de passer
son examen en juillet, monsieur Justel ?

— Je l'espère, madame... il y a encore
deux mois... et, s'il voulait travailler...

Suzette, malgré elle, murmura en riant :

— Au lieu de dormir tout le temps... il
aurait moins mauvaise mine...

Madame d'Attigny se tourna vers sa
petite fille :

— Qu'est-ce que tu dis, toi ?...

— Rien, grand'mère !...

— Si !... tu as parlé de mauvaise mine...
toi aussi, tu penses qu'il est malade ?...

— Mais non, je ne le pense pas !...

— Alors qu'est-ce qu'il a ?...

Elle répondit, sérieuse :

— Des insomnies...

Fred — qui avait écouté jusque-là avec
indifférence la conversation dont il était le
sujet — lança un regard mécontent à sa
sœur, haussa les épaules, et affirma :

— Mais je n'ai rien... absolument rien...

— Il me semble — fit madame d'Attigny
— qu'à Paris tu avais meilleure mine qu'ici ?...

— Oh !... — fit-il vexé — oh !... si on peut
dire !...

Il se plaisait à la campagne où il ét.
beaucoup plus libre qu'à Paris, ne travaillai
pas davantage et avait à la fois, au village
et à Pont-sur-Meurthe, diverses aventures.
C'étaient, il est vrai, des aventures de qualité modeste, mais qui, telles quelles, le rem-
plissaient d'allégresse et de fierté.

Fred, à dix-neuf ans, était blond et rose
comme sa sœur, solide et rablé comme elle,
mais beaucoup moins « réussi ». Moralement,
tout l'opposé de Suzette. Aucune énergie,
aucune volonté et — au contraire — un
besoin de flânerie et de fête, et un jemenfi-
chisme absolu de tout ce qui n'était pas le
plaisir immédiat.

Depuis un an, il n'arrivait pas à passer la
seconde partie de son baccalauréat. Et il
n'éprouvait de ce fait aucune honte. Rien
ne le froissait. Il ne s'intéressait à rien et
n'aimait rien ; ni les chevaux, ni les arts, ni
son pays, ni même, à vrai dire, les femmes.

Pendant un certain temps, il s'était pas-
sionné pour les automobiles, mais cela
n'avait pas duré et il ne songeait, pour l'instant, qu'à trouver la combinaison qui, sans
travailler, lui permettrait de ne faire qu'un
an de service militaire.

Pas bête avec ça ; ayant quelquefois de la
répartie et de l'humour, et bon petit garçon,
lorsque la bonté n'était pas pour lui une
gêne.

Depuis six mois que monsieur Justel lui
donnait des leçons, il passait tout son temps
— le temps où le professeur le croyait occupé à
revoir les choses déjà sues — à dormir comme
un loir dans sa chambre, où il se barricadait
« pour pouvoir travailler sans être dé-
rangé ».

Et la grand'mère, si perspicace lorsqu'il
s'agissait des autres, n'y voyait que du feu
et croyait bonnement que, pendan. cette

année de province, son petit-fils avait pris le goût d'un travail utile et sérieux.

Comme elle allait demander à Suzette de quelles insomnies elle voulait parler, un coup de fusil, tiré à quelques mètres, la fit sauter en l'air.

Fred sauta aussi et demanda :

— Qui est-ce qui tire comme ça si près?... c'est absurde!...

Suzette répondit, narquoise :

— As pas peur!... c'est Antoine qui tire sur le poulet...

— Le poulet ?... il tire même sur les poulets, à présent ?... il est fou !...

— C'est moi qui l'ai envoyé tuer un poulet pour le dîner... qu'on ne pouvait pas attraper...

— Effectivement... — dit en riant la comtesse, — le dîner est difficile à attraper!... tout est compliqué ici!... il faut s'approvisionner entièrement à Pont-sur-Meurthe et ne jamais compter, quoi qu'on vous promette, sur les ressources du pays...

M. Justel dit :

— Vous êtes si près de Pont-sur-Meurthe... c'est une promenade d'y aller...

— Une promenade avec vos grandes jambes... et en prenant son temps... mais quand il faut courir chercher une côtelette, ou une tarte que l'on attend pour se mettre à table, ça paraît loin... Il y a deux kilomètres !...

Polie, elle s'efforçait d'associer monsieur Samuel Gottland à la conversation. Mais lui ne semblait pas y prendre garde. Assis en face d'Yvonne, et surpris de trouver si belle cette femme très fraîche, très mondaine, et habillée simplement, qui n'avait aucune des qualités qu'il se plaisait à vanter d'ordinaire chez les femmes, il commençait tout de suite à poser pour elle, niaisement, et à coups d'attitudes penchées et de regards cuits, admiratifs ou implorants.

Et il pensait, à part lui, — tout en faisant saillir son torse maigre et en allongeant, dans une pose contournée, sa main molle, mais blanche et assez belle de forme sur les bras de son fauteuil — que madame de Brias

était vraiment très jolie et n'avait pas l'air de s'amuser. Peut-être y avait-il quelque chose à faire de ce côté là ?... Dans tous les cas, l'essai valait d'être tenté.

Et ce garçon, qui n'avait guère connu que les filles des brasseries du Quartier ou les demoiselles de magasin de Caen — sa première étape — ne doutait pas que, si elle s'ennuyait comme l'indiquait sa physionomie un peu lasse, madame de Brias ne consentît à le choisir pour combattre cet ennui.

Fils d'un pasteur du pays de Gex, Samuel, élevé à Paris, était entré un des premiers à l'École normale. D'abord maître d'études à Janson, puis professeur au lycée de Caen, et enfin bombardé à trente ans professeur de philosophie à la faculté des lettres de Pont-sur-Meurthe — grâce à la protection d'un coreligionnaire qui avait traversé le pouvoir — il professait envers soi une admiration qu'il parvenait le plus souvent à faire partager aux autres. Très intelligent, il gaffait parfois d'avoir pris les choses de trop haut ou d'avoir agi avec une trop superbe confiance. Mais cette confiance, il savait la dissimuler sous l'allure correcte et un peu fuyante qui déconcertait le bon Justel.

Justel, lui, mondain comme un ermite, et flexible comme une barre de fer, n'avait pas assez de roublardise pour discerner tant d'orgueil sous cette apparence pleine d'humilité. Il s'était laissé, dès le début, opprimer, mettre le grappin, par cet être de qualité intellectuelle et morale très inférieure à la sienne propre.

Depuis un instant, il s'agitait inquiet. Il regarda sa montre et dit :

— Mon petit Fred... c'est l'heure de notre leçon... l'heure passée, même !...

— Voulez-vous lui donner congé aujourd'hui, monsieur Justel ?... — demanda la comtesse — moi, il faut que j'aille m'habiller... alors, vous voudrez bien rester avec les enfants et tenir compagnie à monsieur Gottland?...

Yvonne dit :

— Il faut aussi que je m'habille....

— Et moi aussi !... — s'écria Suzette, qui se leva brusquement.

— Attends !... — demanda madame d'Attigny — tu t'habilleras quand je serai revenue...

Dès que la comtesse fut sortie, Fred saisit son professeur par la manche et, l'entraînant :

— Monsieur Justel, allons voir les poules !... vous m'avez dit que vous les aimiez...

— Oui... — fit le doux bonhomme, — j'adore les poules... j'adore toutes les bêtes, d'ailleurs... mon bonheur serait d'en avoir...

Et, se tournant vers son jeune collègue :

— Venez-vous, Gottland ?...

Samuel Gottland enveloppa d'un regard profond madame de Brias et répondit:

— Non... merci...

Alors, Yvonne se leva et dit, s'apprêtant à descendre le grand escalier de la terrasse :

— Je vais avec vous, monsieur Justel.

Suzette faisait un mouvement pour les suivre, mais voyant que Gottland ne bougeait pas, elle se rassit en face de lui, résignée et maussade, et dit, rageuse :

— Alors, il faut que je reste !...

V

A sept heures la comtesse descendit, presque jolie encore dans la robe de pékin gris qui dessinait sa haute taille mince et souple, mais elle ne retourna pas sur la terrasse. Après avoir vu si le couvert était joli et les fleurs bien arrangées, elle vint s'asseoir dans la longue galerie où l'on se tenait presque toujours à Attigny.

Cette galerie, autrefois celle des gardes, longue de quarante mètres, voûtée et dallée, avait vraiment bon air. Deux grandes cheminées de pierre occupaient les deux bouts de la pièce. Un billard; une fontaine à dauphin et à vasque de marbre; deux pianos à queue; un tir; une toupie hollandaise et une escarpolette la meublaient à peine.

Madame d'Attigny s'installa à sa place habituelle et ferma les yeux à demi, ces quelques instants de solitude

Vraiment, elle avait espéré vivre plus tranquillement à la campagne ! Depuis qu'elle habitait Attigny, sa vie était plus agitée qu'à Paris. Elle avait toujours du monde, déjeuners, dîners, chez elle ou en ville, ou chez les voisins. Jamais plus elle ne jouissait de ces heures paisibles qu'elle aimait. Elle se sentait fatiguée et vaguement mécontente.

Fred — de l'avis de monsieur Justel — n'était pas sûr d'être reçu à son examen. Yvonne commençait — semblait-il — à s'attrister quelque peu. Même le joyeux gazouillis de Suzette devenait moins étourdissant. Ce n'était plus, au retour des promenades, le bavardage versant le trop plein des choses emmagasinées dans le petit cerveau toujours en éveil.

Seul jusqu'à présent, Antoine nageait dans la joie. Il devenait populaire, élevait des bœufs superbes, et engraissait de n'être plus jaloux ?... La comtesse se disait qu'à sa place elle l'eût été bien davantage.

A Paris il ne manquait pas d'autres femmes, sinon peut-être aussi jolies que la sienne, du moins aussi séduisantes et plus faites pour troubler les « mondains ». Tandis qu'à Pont-sur-Meurthe et dans tout le pays environnant, il n'était certainement pas une femme qui pût être comparée à Yvonne. Dans la rue, elle faisait sensation. Au bal on s'attroupait autour d'elle. Et, plus le public s'inquiétait de la jeune femme devenue inoccupée, moins son mari — occupé pour la première fois de sa vie — avait l'idée de s'inquiéter d'elle.

Tandis que la comtesse songeait, ses petites-filles rentrèrent avec Fred et les deux professeurs. Justel, rouge, suant, poussiéreux et sympathique. Gottland frais, reposé, correct et déplaisant.

— Qu'est-ce que vous avez fait, mes enfants ?... — demanda madame d'Attigny — vous êtes-vous un peu promenés ?...

Yvonne raconta :

— Nous avons fait faire à monsieur Justel

tour du propriétaire... les poules, les bestiaux, les chevaux, les chiens... il a tout vu!...

— Et moi!... — fit Suzette, d'un air si piteux, que sa grand'mère ne put s'empêcher de rire, — je suis restée tout le temps sur la terrasse avec monsieur Gottland!...

— Voilà des chevaux!... — dit Fred en écoutant un bruit de galop qui arrivait de l'avenue.

Il courut à la fenêtre et annonça :

— C'est l'oncle Georges... avec deux officiers...

— Quels officiers?... — demanda madame d'Attigny.

— Je ne sais pas!... ah! si!... il y a le capitaine Percier, l'aide de camp du général de Granpré... et puis un que je ne connais pas...

La comtesse dit :

— Je parie qu'il les amène dîner?...

Et tout de suite elle appela :

— Suzette!... occupe-toi du dîner, n'est-ce pas?... qu'on mette un troisième poulet... veille bien à tout, mon petit!...

Suzette sortit et revint, précédant le colonel d'Audierne et les deux officiers qu'il présenta à sa sœur :

— Le capitaine Percier... le lieutenant de Tréon... le fils d'un vieux camarade à moi. Tu as de quoi leur donner à dîner, j'imagine?

— Oui! certes!... — fit la comtesse, qui pensait à son menu déjà insuffisant.

Monsieur d'Audierne reprit, recommençant la présentation pour ses nièces :

— Le capitaine Percier... le lieutenant de Tréon... avec qui tu as dansé chez les Blizville, Yvonne!...

Et, comme madame de Brias saluait d'un sourire aimable et indécis, il reprit :

— Tu ne te souviens pas de lui?... ça ne m'étonne pas!... mais lui se souvient de toi... et ça ne m'étonne pas non plus...

Pierre de Tréon, un gentil garçon un peu vulgaire, mais dont la bonne figure réjouie faisait plaisir à voir, expliqua :

— Je n'ai pas eu l'honneur de danser pré-

cisément avec madame de Brias... j'ai fait seulement un tour de valse avec elle au cotillon...

Riant de toutes ses larges dents blanches, il conclut :

— Et elle ne m'avait même pas choisi!... c'était à la figure où on ramasse un chapeau avec les dents, à terre, sans mettre les mains...

— Parfaitement!... — fit Yvonne — je me souviens!... c'était l'an dernier... au bal des courses...

Suzette s'écria :

— A propos!... j'espère qu'ils nous en donneront encore un aux courses, de bal, les Blinville!...

La comtesse regarda sa petite fille et dit, découragée :

— Mais tu ne parleras donc jamais convenablement!...

Les Granpré entraient. Le général grand, bien bâti, l'allure un peu alourdie mais toujours belle. « Adèle » très maigrie — et sa terrible charpente visible d'autant plus — semblait avoir abandonné les couleurs violentes et les terrifiantes armatures que naguère elle affectionnait, pour adopter les nuances éteintes et les formes vagues.

A l'instant même où le général et sa femme s'avançaient à travers la longue pièce, un coup de feu retentit qui semblait saluer leur entrée, et arracha à madame de Granpré un de ces petits cris effarouchés qui lui sont propres, tandis que la comtesse pensait, agacée et amusée aussi :

— C'est le troisième poulet Marengo!...

Le petit Tréon poussa du coude son camarade :

— Va saluer Adèle!... Allons!... trotte-toi !...

Percier se dirigea vers les Granpré. L'accueil d'Adèle fut plutôt froid. Elle répondit à peine d'un léger signe de tête au profond salut de l'aide de camp. Lorsqu'il revint, Tréon lui demanda la cause de cette froideur.

— Qu'est-ce qu'elle a donc, cette bonne Adèle?... elle ne paraît pas te gober, tu sais?...

Le jeune homme répondit en riant :

— Elle ne gobe plus ni moi, ni toi, ni personne de nous !... Depuis que son mari est général, elle a moins directement prise sur nous autres... de plus, elle donne, pour l'instant, dans l'intellectualité...

— Tu dis ?... — fit Tréon en clignant de l'œil.

— Je dis l'intellectualité... oui !... le général a retrouvé à Pont-sur-Meurthe un vieux camarade d'enfance, monsieur Gibaud, le Doyen de la faculté...

— Le père de la Fille aux Lotus...

— Précisément... Comment ?... tu connais déjà la petite Gibaud, toi ?...

— Damel... elle ne passe pas précisément inaperçue, la petite demoiselle !...

— Tu vas la voir ici ce soir avec son père...

— Ah !... dans la rue des Bénédictins, c'est avec sa bonne que je la vois...

— Non... c'est avec sa mère !... une brave et excellente femme, qu'on n'emmène pas dîner en ville... une sorte de Cendrillon hors d'âge, qui mérite mieux que la situation effacée qui lui est faite...

— Tout ça ne m'explique pas...

— Le lâchage d'Adèle, voilà !... Le père Gibaud est un intellectuel — du moins pour les Granpré — la petite Elsa... elle s'appelle Elsa, — un nom simple et bon enfant comme tu vois, — est également une intellectuelle... et Adèle l'a tout de suite prise en affection...

— Quel âge a-t-elle donc ?...

— Vingt... vingt-deux... vingt-six... on ne sait pas !... Tiens !... les voici, les Gibaud !...

Brune, chétive, balançant, avec des déhanchements d'almée, son petit corps anguleux roulé dans les flots lâches d'une mousseline Liberty vert mousse, voilée de crêpe noir, Elsa Gibaud ondula vers la comtesse et lui débita une phrase qui avait l'air d'un boniment.

Derrière elle son père — un vieil homme aux yeux clairs et bons — s'avançait timidement, fin et comme il faut dans un habit effroyablement démodé, et tenant à la main un claque de forme étrange.

Tréon dit :

— Il est sympathique, le père !...

— C'est le plus brave homme qui soit... pas tous les jours amusant, par exemple !...

— Et c'est ce bonhomme là qui a entraîné Adèle dans un courant qui, jusqu'ici, n'avait jamais été le sien ?...

— Lui... pas précisément... mais, dans son salon, elle a rencontré les jeunes professeurs... Justel... que tu aperçois là-bas... et d'autres encore qui ne sont pas ici... et c'est ceux-là qui lui ont fait connaître qu'il existe des livres que tout le monde a plus ou moins lus... des poètes, des peintres et des fleurs... jamais elle n'avait soupçonné auparavant l'existence de ce monde... elle vient de le découvrir... et elle est encore très férue de sa découverte...

— Bonjour, Tréon !... vous acclimatez-vous au vingtième ?...

— Très bien, mon commandant... très bien !... Madame, j'ai l'honneur de vous présenter mes hommages...

C'était monsieur de Plouaret, un grand cuirassier svelte, ressemblant en laid à sa sœur de Brias, qui venait d'entrer. Et avec lui sa femme, Claude d'Attigny, une créature de charme et de gaîté, une autre Suzette avec vingt ans de plus, ou presque. Elle s'approcha de Percier et, câline :

— Monsieur Percier... je vous en prie, tâchez que le général défende de faire des obstacles aussi hauts au rallye de dimanche... c'est fou !... j'ai horreur de voir sauter ça à mes enfants... et, d'autre part, ça m'ennuie de les en empêcher...

Percier se mit à rire :

— Madame, vous demandez l'impossible !.. Comment voulez-vous ! que le général fasse baisser les obstacles, alors que c'est une lutte de hauteur entre les rallyes militaires et les rallyes civils...

— Mais c'est absurde !...

— C'est bien mon avis !... mais pourquoi ne dites-vous pas ça à monsieur votre oncle ?... Dimanche, c'est le vingtième qui invite... c'est le colonel d'Audierne que ça regarde... lui uniquement...

— Ah ! bien !... ce qu'il m'enverrait promener, mon oncle!...Il me dirait que je veux faire de mes garçons des gnolles...

— Ils sont superbes, vos garçons !...

— Oui, n'est-ce pas?... — fit madame de Plouaret, dont les yeux gais s'égayèrent plus encore, — et solides, donc!... ils n'ont jamais été malades... ça serait vraiment dommage d'en casser un aussi bêtement...

La voix de la comtesse s'éleva :

— Monsieur Gottland !...

Samuel Gottland s'avança, l'air ennuyé.

— C'est madame de Granpré qui désire faire votre connaissance...

Le jeune professeur s'inclina, hargneux, devant Adèle qui, tout de suite, le complimenta avec abondance et volubilité :

— C'est que je suis une de vos admiratrices, monsieur !... oui... je suis vos cours... je n'en manque pas un !...

Samuel s'inclina de nouveau, la physionomie un peu détendue, tandis que madame de Granpré continuait :

— Je ne m'attendais pas au plaisir de vous rencontrer ici ce soir !...

Il répondit, s'empressant de saisir l'occasion d'excuser son costume :

— Moi, je ne m'attendais pas non plus à dîner ici, madame... c'est ce qui vous explique ma tenue... je suis venu avec monsieur Justel pour être présenté à madame d'Attigny et elle a eu l'amabilité de nous retenir à dîner...

— Vous êtes très bien... la redingote est un vêtement très seyant aux hommes minces qui ont une tournure élégante... Musset était toujours en redingote... vous ressemblez beaucoup à Musset. On ne vous l'a jamais dit ?...

— Non, madame...

— Je suis sûre que vous avez un talent dans son genre... vous faites des vers, bien entendu ?...

— Non, madame, non !... — répondit sèchement Gottland, qui trouvait le talent de Musset tout à fait « haïssable ».

Le maître d'hôtel annonça :

— Madame la Comtesse est servie!...

Le professeur regarda avec reconnais-sance le colonel d'Audierne qui s'approchait, le bras arrondi, de madame de Granpré. Mais sa joie fut de courte durée. Madame d'Attigny, — trop contente de donner à Adèle un voisin de son goût — l'avait assis à table à côté de cette femme massive et qui, en dépit de son ton caressant et de son affectation de préciosité, lui faisait l'effet d'un vieux soldat.

Elsa Gibaud, placée entre Percier et Fred, débuta — conformément à ses principes — par affecter pour ses voisins un grand dédain. Et pourtant, l'aide de camp lui plaisait. Elle le trouvait distingué et fin. Elle admirait sa grande élégance, son joli visage à la fois résolu et rêveur, et surtout un je ne sais quoi qu'elle n'arrivait pas à définir et qui était tout bonnement la race. Déjà plusieurs fois, elle s'était trouvée avec l'officier; toujours elle avait subi cette sorte d'attraction.

Et, tandis qu'elle eût volontiers flirté avec Percier, lui, uniquement occupé de madame de Brias, ne semblait même pas se souvenir que la jeune fille fût là. Il disait à Yvonne, qui le regardait surprise :

— Oh oui !... j'ai entendu parler de vous, madame!... et souvent... par un de vos amis qui est aussi le mien... Vous ne devinez pas?...

— Un officier?...

— Non... c'est-à-dire si on veut... il est officier de réserve...

— C'est que j'en connais beaucoup, des officiers de réserve !... Tout le monde est plus ou moins officier de réserve à présent...

— Celui-là va venir faire ses vingt-huit jours ici cet automne... il avait dû y venir déjà l'an dernier... et puis il a été ajourné...

— Ah !... — fit Yvonne qui se souvint tout à coup de la promenade au Louvre — c'est monsieur d'Achères !...

— Oui... c'est Achères... il m'a bien recommandé de le rappeler à vous... il se réjouit infiniment de venir à Pont-sur-Meurthe...

Madame de Brias écoutait sans entendre. Elle pensait que, de cette promenade au Louvre si complètement oubliée aujourd'hui, était résulté l'abandon de Paris et l'installation définitive en Lorraine. Ce pauvre Achères !... il ne se doutait guère du grand rôle qu'il avait joué dans sa vie? Était-il assez bête ce jour là? il n'avait pas laissé passer une seule occasion de dire des pauvretés et des sottises.

Tout de même, elle reverrait avec plaisir ses longues moustaches blondes, sa grande tournure et ses yeux bleus. Et, en cet instant, les visages d'Achères et du Roland de la légende se mêlaient si absolument dans sa mémoire qu'elle ne savait plus trop lequel des deux vivait dans la réalité. Elle ne parlait pas, l'officier dit :

— Il est gentil comme tout, Achères !...

Machinalement, elle répéta :

— Gentil comme tout !...

Et, en elle-même, elle pensa :

— C'est vrai, pourtant, qu'il est gentil... il croit que c'est la fille de Louis XV qui a distingué le général Athalin... et confond Claude et Jean Lorrain, mais c'est égal... il est simple... et naïf, et sympathique... et il se gobe avec une sincérité qui désarme...

Tout en rêvant d'Achères et de sa qualité intellectuelle, elle s'aperçut que la petite Gibaud était négligée, et par Percier, qui ne faisait aucune attention à elle, et par Fred qu'elle avait, il est vrai, rabroué deux ou trois fois, lui répondant par complaisance et lui indiquant nettement qu'elle le considérait comme un négligeable gosse.

En même temps, elle s'avisa que monsieur Justel, assis à sa gauche, mangeait mélancoliquement sans avoir à qui parler. Elle aimait beaucoup le professeur. Cet être doux, indulgent, modeste et dégingandé, l'avait conquise. A lui seul — depuis un an qu'elle voyait défiler tous les types du pays — elle s'était intéressée. Elle admirait sa droiture, son érudition discrète, son âme jolie qui transparaissait timidement à travers l'enveloppe hétéroclite qui la cachait.

Elle se tourna vers lui. Et, indiquant de de l'œil madame de Granprè qui, penchée vers Gottland, causait avec animation — sans plus se soucier de Brias, à la droite duquel elle était placée — elle dit, curieuse et amusée :

— Il a un vrai succès, votre ami !...

Monsieur Gottland n'est encore que mon collègue — fit observer Justel avec douceur — il est tout nouveau venu parmi nous... mais je ne suis pas surpris qu'il plaise... c'est un esprit fin et cultivé...

Madame de Brias, qui regardait toujours Adèle et son jeune voisin, dit :

— Il a l'air de s'ennuyer joliment, le pauvre garçon !... C'est qu'il n'y a pas !... si elle a préparé un sujet, il faut qu'elle le pioche... ce qu'il va en avaler !...

La jeune femme disait juste. Samuel Gottland était plutôt surpris. Dès le début du dîner, Adèle s'était penchée vers lui et, en pleine possession d'un sujet qu'elle travaillait depuis des semaines, avait demandé à brûle-pourpoint :

— Monsieur Gottland !... je serais curieuse de savoir ce que vous pensez des Manichéens ?...

En même temps, le général disait à madame d'Attigny :

— Qu'est-ce que c'est que cet Allemand qui est à côté de ma femme ?...

Le colonel d'Audierne répondit :

— Ce n'est pas un Allemand, c'est un Suisse...

— Mais non... — fit madame d'Attigny — c'est un professeur de la faculté...

Et, se tournant vers le doyen placé à sa gauche :

— N'est-ce pas, monsieur Gibaud ?...

Gibaud allait répondre. Le général de Granprè ne lui en laissa pas le temps :

— Mais... c'est vrai !... il est dans ton commandement, cet olibrius ?...

— Je t'ai déjà expliqué !... — commença doucement le Doyen — que je ne commande à personne... je...

— Laisse donc tranquille !... Dis-moi ?... comment se fait-il que nous ne l'ayons pas encore vu chez toi, celui-là ?...

— Il est arrivé depuis très peu de temps... et puis, je ne sais pas pourquoi, Elsa ne peut pas le souffrir...

— Et tu obéis à ta fille ?... Ah ! bien li... si c'était...

Il allait dire : « si c'était moi, je l'enverrais au diable ! », mais il s'arrêta devant l'énormité de l'affirmation.

Personne, en effet, n'était craintif et obéissant autant que lui. Un mouvement, même incertain, des farouches sourcils de sa femme, le faisait rentrer sous terre. Un éclat de voix le rendait tremblant.

Audierne dit :

— Mais il est tout naturel que monsieur Gibaud obéisse à sa fille... la domination des êtres de charme est un fait acquis et...

Hérissé, la lèvre bougonne, le général grogna :

— Des êtres de charme... et des autres !...

Madame d'Attigny promena sur ses deux voisins un regard à la fois égayé et attendri. Elle pensait que le Doyen Gibaud, sans sa fille, et le général de Granpré, sans sa femme, eussent été presque parfaits.

Le professeur, esprit fin, âme exquise, s'attardait malgré lui aux petites subtilités suggérées par Elsa, tolérait ses mesquineries alambiquées, et acceptait négativement l'espèce de quarantaine où était tenue la femme, silencieuse et dévouée, qui ne protestait pas. Et le soldat, brave homme, d'intelligence médiocre mais de sens droit, retrouvait tout entiers — loin de la main de fer de la redoutable Adèle — son cœur excellent et son infinie douceur. Lorsqu'il commandait le 20ᵉ cuirassiers, il était adoré des hommes parce que, seul, il s'occupait d'eux. Les officiers, au contraire, dans les affaires desquels madame de Granpré intervenait plus ou moins, avaient presque tous à se plaindre de l'humeur quinteuse et des lubies de leur chef.

Après s'être apitoyés sur les deux hommes, et moqués d'eux aussi un peu, les yeux de la comtesse allèrent aux deux femmes qui avaient entrepris de les annihiler si totalement.

Très colorée par la chaleur des bougies, des convives — et aussi par l'arrêt de la circulation résultant d'un corset exagérément serré — Adèle contemplait monsieur Samuel Gottland avec un intérêt que, pour la bienséance, elle ne dissimulait pas assez. Une teinte violacée couvrait son long visage osseux et luisant, et lui donnait, avec une aubergine, une lointaine ressemblance.

Inclinée vers son jeune voisin, le corsage soulevé par un souffle puissant, l'œil voilé de champagne et de tendresse, elle lui bredouillait à l'oreille des mots que Brias — c'était visible à l'expression rieuse de son regard — devait entendre confusément.

D'Elsa toute menue, pâlotte, déjà fanochée, madame d'Attigny, en ce moment, ne distinguait que le mince profil, encore resserré par des bandeaux lâches et cachant les oreilles, d'admirables cheveux noirs. La seule beauté réelle de la jeune fille, ces cheveux moirés, souples et doux, aux larges ondes naturelles, et qui semblaient vivre d'une vie intense et violente, comme s'ils eussent pris toute la sève du pauvre petit corps anémié qu'ils écrasaient de leur masse puissante. Le physique de la jeune fille était ce qu'on appelle distingué. Elle eût pu — en dépit de sa ligne trop grêle — avoir une certaine élégance, mais elle gâtait sa silhouette par un lourd et maladroit arrangement d'étoffes enroulées dans un faux désordre, où se sentait la complication voulue et le laborieux effort.

La vue de cette Elsa — qui lui rappelait un petit modèle de Montmartre plutôt que l'héroïne de Wagner — agaçait toujours la comtesse, mais son agacement, cette fois, s'accrut de l'admiration qu'elle s'imagina voir luire dans les yeux de son petit-fils.

Fred semblait très emballé. Tantôt il enveloppait la petite Gibaud d'un regard extasié, tantôt il lançait à Percier un coup d'œil presque haineux. L'officier, en effet, abandonné d'Yvonne qui continuait à causer avec monsieur Justel, s'était tournée vers son esthétique voisine et, tant bien que mal, l'air indifférent, échangeait avec elle quelques mots.

Après le dîner, madame d'Attigny appela son gendre Plouaret.

— Dites-moi, Jean, vous avez entendu ce

que Fred disait à sa voisine à table voyais que vous écoutiez ?...

— Oui !... Et, vous savez ?... il m'a tout l'air de se débrouiller, Fred !...

— Ah !... croyez-vous ?...

— Je crois !

— Mon Dieu !... je n'y vois, pour ma part, aucun inconvénient... à condition que ce ne soit pas en disant des choses inconvenantes aux amies de sa sœur...

— Cette petite bonne femme poseuse et compliquée n'est pas l'amie de Suzette, voyons ?... Et puis, d'ailleurs, tranquillisez-vous... Les choses inconvenantes, — ou du moins risquées — c'est elle qui les a dites, et non pas Fred... et si l'un des deux doit rouler l'autre, ce n'est pas d'elle que vous aurez lieu de vous inquiéter...

Vers dix heures arrivèrent les voisins les plus proches, qui pouvaient venir passer, sans dérangement, une partie de la soirée. Le comte et la comtesse de Blinville, des gens démodés ; leur fils Hubert, vrai type du gommeux provincial, et leur fille Louise, une bonne grosse créature simple et gaie que Suzette aimait beaucoup. Monsieur de Blinville, en habit bleu à boutons d'or et pantalon de nankin. Ayant vu, en 1850, lorsqu'il avait huit ans, le comte de Chambord ainsi vêtu, il avait fait de ce costume son idéal d'aristocratique élégance.

Sa femme, en toilette neuve et fraîche lorsqu'on la regardait de près, semblait avoir copié sa robe sur une gravure de mode de 1865.

Il vint aussi les Gacé, qui habitaient les Muguets, une jolie villa toute proche d'Attigny. Ils arrivaient à pied par le parc. Gacé, un gentil garçon, gai comme un pinson, original et cocasse, avocat à Pont-sur-Meurthe, et sa femme, une petite femme vive et drôlette, coquette et honnête, adorant s'amuser, danser et flirter sans plus. Jolie d'une joliesse de grisette ; bien faite, bien habillée et bonne à ravir. Très jalousée et déchirée par la plupart des « Dames » de Pont-sur-Meurthe qui lui enviaient son chic, sa séduction, et même le voisinage d'Attigny,

auquel elles attribuaient sa grande intimité avec la comtesse et les Brias.

On fumait dans la galerie. La comtesse trouvait absurde de priver les hommes de fumer en prenant le café et de les éloigner des femmes. Et comme le général de Granpré la complimentait de cette bonne coutume, elle expliqua :

— Oui... pourquoi ne fumerait-on pas devant les femmes ?... la femme qui « craignait le cigare » n'existe plus qu'à l'état de souvenir...

Le gros Blinville — qui tirait de toutes ses forces sur un cigare énorme, en regrettant de ne pas oser fumer sa pipe — dit, convaincu :

— Elle était bien assommante, cette femme-là !... bien ridicule !...

— Oui — fit le colonel d'Audierne, sans voir Elsa Gibaud, qui allumait, avec des effets de torse et de main sa cigarette au-dessus d'une lampe — oui, la femme d'autrefois qui craignait la fumée était ridicule, mais pas plus que celle qui fume aujourd'hui...

Suzette — occupée à verser à son oncle un verre de cognac — lui dit à demi-voix, en riant :

— Si c'était moi qui avais fait celle-là, on dirait que je suis gaffeuse comme personne, pas, oncle Georges ?...

En se retournant, Audierne aperçut petite Gibaud qui, la cigarette aux dents, dardait sur lui ses yeux effrontés et mauvais, et il demeura décontenancé de sa maladresse. Mais quand il vit le beau regard du vieux Doyen se poser navré sur sa fille, il éprouva une véritable peine d'avoir affligé le pauvre homme. Alors, il s'en fut vers lui et s'excusa à demi-voix :

— Vous savez, je ne pense pas un mot de ce que j'ai dit... et je trouve mademoiselle Elsa charmante avec sa cigarette... Non... j'ai dit ça... parce que ma sœur a très peur que ses petites filles n'aient l'idée de fumer... je ne sais pas pourquoi ça la contrarie... mais elle est un peu vieux jeu, ma sœur... E alors... vous comprenez ?...

Il s'arrêta, gêné par la frimousse narquoise de Suzette plantée en face de lui.

Déjà monsieur Gibaud, heureux de l'explication, répondait, s'abandonnant plus qu'il n'eût fallu :

— Mais madame d'Attigny a bien raison !... Je ne comprends pas que les femmes fument... les jeunes filles surtout !... je l'ai dit cent fois... mais on ne m'écoute pas... je ne...

Lui aussi s'arrêta devant le regard menaçant d'Elsa. La comtesse vit son embarras, et voulant faire diversion, elle appela sa petite-fille Brias :

— Yvonne !... chante-nous quelque chose, ma petite enfant ?...

Antoine s'approcha du piano, cherchant dans la musique :

— Qu'est-ce qu'il faut prendre ?...

— Ce que tu voudras... Tiens... *Plaisir d'Amour*, puisque ça te tombe sous la main...

Elle chanta *Plaisir d'Amour*, *Les Gas d'Irlande*, *Le Petit Soldat*, et tout ce qu'ensuite on lui demanda. Elle chantait immobile, sans un geste, debout, svelte et fragile dans sa robe de gaze blanche, simple comme une robe de première communion, et qui coulait, transparente comme une eau, le long de ses hanches fines.

Sa belle voix chaude s'élevait forte et pure, sans souci de la fumée ni de la chaleur, et son visage — qu'elle rendait volontairement inexpressif par crainte « des effets » — était vraiment d'une surprenante beauté.

A quelques pas de madame de Brias, accoudé dans une pose tourmentée sur une console Empire, monsieur Samuel Gottland était venu se planter. Et il regardait, avec une émotion trop visible pour n'être pas affectée, Yvonne qui ne s'en doutait même pas.

Au dîner, chaque femme avait trouvé à sa place une rose jaune — et toutes avaient mis ces roses à leurs corsages. Lorsque madame de Brias eût fini de chanter, elle laissa tomber — en se baissant pour remettre dans le casier la musique qu'elle tenait à la main — la rose passée dans sa ceinture. Elle ne s'en aperçut pas, mais le jeune professeur s'élança, ramassa la fleur et, après l'avoir portée à sa bouche en ayant l'air de se cacher, la glissa entre son gilet et sa chemise, bien convaincu qu'Yvonne avait vu son mouvement.

Et, quelques instants plus tard, se trouvant dans un coin du salon avec la jeune femme et madame de Granpré — qui elle non plus n'avait rien vu — il se mit, au cours de la conversation, à parler croyant être compris d'Yvonne :

— Le plus exquis souvenir que l'on puisse avoir de la femme qu'on aime — disait-il en glissant entre ses cils touffus un regard luisant — c'est une fleur qu'elle a portée !... Sur cette fleur que l'on respire, on respire un peu d'elle-même... on croit sentir, et son haleine, et la douce caresse de sa peau...

Adèle avait, en l'écoutant, détaché la rose jaune piquée sur son corsage, rendue majestueux par l'âge beaucoup plus que par l'embonpoint. Elle l'agita sous les yeux indifférents de Samuel, qui finit par dire :

— C'est superbe, cette espèce !...

Et il prit la fleur et la regarda :

— Oui... — fit madame de Granpré pour cacher son trouble — c'est la maréchale Niel...

— Ah !... — fit-il distrait — c'est le maréchal Niel... je ne savais pas...

Il regarda la rose, la remua, et la remit enfin à Adèle, qui parut la rattacher sur sa large poitrine.

Puis, comme on s'en allait et que son mari venait la prendre pour partir, elle fit, d'un mouvement, glisser la rose qui tomba. Gottland ne comprit pas, ou ne vit pas, ou ne voulut pas voir cette tentative de séduction. Mais le général de Granpré, qui arrivait apportant le manteau d'Adèle, marcha sur la maréchale Niel qui roulait entraînée sous les jupes. Il trébucha, faillit tomber, et dit, ramassant la rose et la tendant à sa femme :

— Adèle !... tu perds ta fleur !...

VI

Pendant le déjeuner, Suzette assise en face de son frère s'écria tout à coup :

— C'est vrai ce que grand'mère disait

avant-hier !... Tu as une tête !... on dirait que tu es malade... et tu maigris... c'est effrayant ce que tu maigris !...

Fred devint rouge comme une tomate et répondit, bourru :

— Je suis comme je suis !... tu m'embêtes, à la fin !... en t'occupant de moi tout le temps comme ça !...

— Amour ! va !... — fit en riant la petite, à qui l'humeur de son frère importait peu.

Fred protesta :

— Oui... c'est vrai !.., C'est tannant d'être toujours examiné à la loupe !...

La comtesse demanda doucement :

— A quelle heure t'es-tu couché, mon petit Fred ?...

— A onze heures et demie, grand'mère... quand nous montons, je me couche tout de suite...

— Ah !... tu n'en as pas l'air !...

Il demanda, vaguement impertinent :

— Quel air est-ce « l'air de s'être couché tout de suite en montant ?... » Je ne serais pas fâché de le savoir ?...

Sans paraître remarquer le ton agressif de son petit-fils, Madame d'Attigny répondit :

— Tu n'as qu'à te regarder dans la glace et tu le sauras...

Fred se leva, bouchonna sa serviette, la posa sur la table et sortit, en disant, rageur :

— C'est ce que je vais faire ?...

— Qu'est-ce qu'il a ?... — demanda Yvonne surprise — lui qui ordinairement a bon caractère, il se fâche aujourd'hui pour rien...

Le déjeuner finissait. Les Brias et Suzette suivirent la comtesse dans la galerie, où elle s'installa près d'une des grandes fenêtres à meneaux. Tandis qu'elle prenait l'éternel tricot de ses pauvres, Yvonne s'asseyait au bureau pour écrire des lettres, et Antoine détachait les bandes des journaux.

Suzette, un livre à la main, choisissait un coin dans la grande pièce, lorsque sa grand'mère se tourna vers elle :

— Tu es encore là, mon petit ?...

— Oui, grand'mère...

— Tu ne vas pas te promener ?...

— J'attends qu'il fasse moins chaud...

tantôt, j'irai cueillir les fleurs pour les corbeilles...

— Tu ne vas pas à Pont-sur-Meurthe aujourd'hui ?...

— Si... mais j'irai tard...

Elle se mit à lire. On n'entendit plus que le petit frôlement des aiguilles de madame d'Attigny, le froissement des journaux que dépliait Brias, et le grincement de la plume d'Yvonne. Au bout de quelques minutes, la comtesse demanda :

— Suzette !... veux-tu aller me chercher mes lunettes que j'ai oubliées dans ma chambre ?...

— Lesquelles, grand'mère ?... vos belles ou les autres ?...

— Les autres... elles doivent être sur la cheminée... ou ailleurs... Enfin, tu les trouveras...

Dès que Suzette fut sortie, madame d'Attigny appela son petit-fils :

— Antoine !... viens un peu ici !... toi aussi, Yvonne...

Et, prenant dans sa poche une lettre, elle continua :

— Si j'ai renvoyé Suzette, c'est pour vous parler de Fred...

— Qu'est-ce qu'il a fait ?... — demanda Brias étonné.

— Il a fait qu'il ne s'est pas couché hier à onze heures et demie comme il le prétend... du moins pas ici...

— Pourquoi ?...

— Parce qu'il a découché... et qu'il découche très souvent, sinon tous les jours...

— Comment le savez-vous ?...

La Comtesse tendit la lettre à son petit-fils :

— Tiens !... lis ça...

Il déplia la lettre, un affreux papier écolier aux bords baveux, couvert de taches, sur lequel, d'une écriture colimaçonnée, abominable, avec une sorte d'eau grisâtre et qui n'avait pu, a beaucoup de places, mordre sur la feuille graisseuse, on avait écrit :

« Madame la Contesse,

« Si vou voulé dé foi savoir ouké vot peti « fis su le cou de ménui alé vou sen voir dan

« sa chanbre ci cé que vou le trouvéré ci cé
« que vou voulé savoir ou kecé ki lé alé vou
« sen voir ché la grenoule bien fesante cé
« tune mauvése fam ki rest dans la ru Carnot. »

Il s'interrompit dans sa lecture parce que
Suzette revenait.

En voyant qu'on se taisait à son entrée, la
petite sourit et, présentant à sa grand'mère
un étui ancien posé sur sa main ouverte
comme sur un plateau, elle dit, l'air nar-
quois :

— Voilà !.. seulement c'est vos belles !...
J'ai pas trouvé les autres... et vous savez bien
pourquoi ?...

Et, comme madame d'Attigny la regardait,
jouant l'ignorance, elle se jeta sur la cor-
beille à ouvrage, y barbota de toute la vivacité de ses petites pattes roses, et sortit triom-
phalement du fouillis des laines un modeste
étui à lunettes, en disant :

— Parce que, les autres... les voilà !... et
que vous saviez bien qu'elles étaient dans
votre corbeille quand vous me les faisiez
chercher sur la cheminée de votre chambre...

— Mais tu ne sais...

— ... pas ce que je dis ..que vous alliez
dire... Que si ! que je le sais !... Pourquoi ne
pas tout bonnement, et sans prendre des man-
chettes, m'envoyer voir chez vous si vous y
étiez ?... ça vous évitait de vous creuser pour
trouver le coup des lunettes...

La comtesse riait. Alors Suzette lui enleva
vivement l'étui ancien qu'elle tenait toujours :

— Vous allez les casser, vos belles !...
donnez-les, allez, grand'mère !... je vais les
reporter chez vous...

Elle pirouetta sur elle-même, et promit en
riant :

— Et je ne reviendrai pas !... quoique je
pourrais peut-être vous en dire aussi, des
choses !...

Elle s'en fut dans un éclat de rire, tandis
que madame d'Attigny demandait :

— Qu'est-ce qu'elle peut bien savoir ?...
elle ignore l'histoire de la Grenouille Bienfaisante, je suppose ?...

— Espérons-le !... — dit en riant Brias.

Ce rire énerva la comtesse. Elle se tourna,
courroucée, vers son petit-fils :

— Alors, tu trouves ça drôle, toi ?...

— Drôle... mon Dieu !... Et d'abord, est-ce
que c'est sérieux cette histoire ?... est-ce que
Fred découche ?...

— Ah ! quant à ça, je t'en réponds !... J'ai
reçu cette ordure à la distribution d'hier
soir... alors cette nuit, vers une heure, je
suis allée frapper à la porte de Fred... Naturellement, il n'a pas répondu !... j'ai voulu
ouvrir, c'était fermé... il ferme pour qu'on
ne puisse pas entrer et voir qu'il n'est pas
là...

Yvonne tournait dans ses jolis doigts la
la lettre anonyme. Elle demanda :

— La Grenouille Bienfaisante existe-t-elle
vraiment ?...

— Je n'en sais rien — dit madame d'Attigny,
— mais c'est facile à savoir... C'est l'affaire
d'Antoine, ça !...

Brias s'inclina en riant :

— Je vous ferai observer, grand'mère, que
c'est vous qui m'envoyez chez des cocottes...

La comtesse ne répondit pas. Elle suivait
le jeu de physionomie d'Yvonne. La jeune
femme souriait, un peu inquiète, en regardant son mari. Alors, madame d'Attigny
expliqua :

— Tu iras voir le commissaire central...
il te renseignera tout de suite... Quant à moi,
je vais pincer Fred cette nuit... ou, s'il ne
sort pas cette nuit, la première fois qu'il sortira...

— Qui est-ce qui a bien pu écrire ça ?... —
demanda Yvonne qui regardait la lettre —
c'est une orthographe tellement extraordinaire qu'elle semble voulue telle...

Antoine dit :

— Je ne crois pas... C'est écrit comme on
prononce... c'est-à-dire comme prononcent
les paysans... ce serait quelqu'un du village
que ça ne m'étonnerait pas...

Mais la comtesse se récria :

— Du village ?... Qui est-ce qui aurait
intérêt à faire ça ?... Et puis, les gens d'Attigny écrivent mieux... tout le monde sait à
peu près l'orthographe à cette heure...

— A cette heure... mais autrefois?... les vieux d'ici n'ont jamais appris l'orthographe... mais ils savent faire leurs lettres et même les assembler... Ils peuvent écrire un torchon comme celui-là...

— Oui... mais quel vieux aurait intérêt a me prévenir que Fred va chez la Grenouille Bienfaisante?...

Et sautant tout à coup à un autre ordre d'idées, la comtesse demanda :

— A propos!... Adèle m'écrit pour nous inviter à dîner samedi... qu'est-ce qu'il faut répondre?... Irez-vous, mes enfants?...

— Oui... si ça amuse Suzette... — dit Yvonne, toujours désireuse de distraire sa petite belle-sœur.

— Eh bien!... il faut lui demander si ça l'amuse... Tiens!... appelle-la, Antoine!... la voilà qui passe dans le jardin...

Brias cria :

— Suzette!...

Rouge, ébouriffée, la jeune fille entra par une des portes de la terrasse. Quand on lui eut expliqué ce dont il s'agissait, elle accepta d'aller chez les Granpré.

— Ça sera toujours aussi drôle que de rester ici à nous regarder dans le blanc de l'œil...

Et, après un silence, elle ajouta :

— Pourvu que je ne sois pas à côté de cette espèce de poseur...

— Quel poseur, mon petit?... — demanda madame d'Attigny.

— Eh bien, monsieur Gottland!... Il est vilain!... il est malingreux!... et rasant, donc!... Vous ne pouvez pas vous imaginer combien il est rasant!...

La comtesse dit en riant :

— Je me l'imagine très bien, au contraire!... Alors, c'est convenu... je vais écrire à madame de Granpré que vous acceptez... ou plutôt, non!... je vais aller à Pont-sur-Meurthe... j'ai des tas de courses à faire... Avec qui comptais-tu sortir, Suzette?...

— Avec Pauline... ou avec la voiture, si personne ne l'avait prise... Yvonne ne voulait pas me conduire...

— Eh bien, je t'emmènerai, moi. Qu'est-ce que tu y vas faire, à Pont-sur-Meurthe?...

— Une visite... oh!... assommante!... il faut que j'aille voir Elsa Gibaud... je n'y suis pas allée depuis deux mois...

— Et ça t'assomme?...

— Oui... je ne trouve rien à lui dire, moi!... C'est vrai!... elle est à la pose... apprêtée, compliquée... elle fait un sort à chaque mot... et je l'assomme aussi, probablement?... Enfin!... faut tout de même que j'y aille!...

— Alors, habille-toi... — dit madame d'Attigny qui se leva — je t'emmènerai à quatre heures...

Quand les Brias furent seuls, Antoine s'approcha de sa femme. Elle continuait à écrire, l'air appliqué, toute fragile et fin- devant le grand bureau au milieu de l'im- mense pièce. Et, comme elle ne semblait pas faire attention à lui, il s'inclina, em- brassa longuement la nuque blanche et, se relevant, demanda :

— Pourquoi ne vas-tu pas à Pont-sur-Meurthe avec Suzette, ma chérie?...

— Parce que je n'ai rien à y faire...

— Mais... pour te promener?...

— Ça ne m'amuse pas de me promener à Pont-sur-Meurthe...

— Est-ce que tu t'ennuies ici?...

Elle répondit, sincère :

— Je ne m'ennuie pas, mais je ne m'amuse pas non plus!...

— Pourquoi?...

— Dame!... je ne sais pas trop!...

— C'est singulier!... Moi je trouve que nous vivons ici d'une adorable vie...

— Toi, oui!... parce que tu t'occupes d'un tas de choses, alors que tu ne t'es jamais occupé de rien... Moi, c'est le con- traire... à Paris, j'étais distraite par mill riens qui manquent ici...

— Par exemple?...

— Par exemple, les expositions, les musées...

Il dit, à moitié riant, à moitié amer :

— Les musées avec Achères!...

Un pli rapprocha les jolis sourcils bruns de la jeune femme, et elle protesta avec une vivacité inaccoutumée :

— Oh!... tu as tort de dire ça,

pauvre Achères ! si tu savais combien je le trouvais — et plus précisément encore ce jour-là — godiche, et niais, et gaffeur, et impossible à prendre au sérieux !... J'avais passé ces deux heures où je me promenais avec lui — bien malgré moi — à me répéter que les hommes du monde sont pour la plupart des ignorants ou des imbéciles... ou les deux...

— Merci pour eux !...

— Ah !... Que veux-tu !... je te dis ce que je pense... ce que je pensais ce jour-là, surtout !... La guirlande m'est assez inconnue, tu sais ?...

— Et je ne le saurais pas que je m'en apercevrais facilement !... Alors, selon toi, tous les hommes du monde sont des imbéciles ?...

— Je ne dis pas ça !...

— Mais tu le penses ?...

— Je pense que presque tous sont, non pas précisément peut-être des imbéciles, mais des gens peu cultivés... et avec ça vaniteux, se gobant à l'infini, et convaincus que le voisin doit les gober à un égal degré...

— Le voisin... et la voisine ?...

— Oui... la voisine aussi !... Eh bien, je suis la voisine qui ne gobe pas, moi... voilà tout !...

— Alors tu ne me gobes pas du tout ?...

— Tu sais bien que, toi, ce n'est pas la même chose !...

— Évidemment !... celui à qui on s'adresse est toujours l'exception...

— Ce n'est pas ça !... je veux dire que, toi, tu n'es ni ignorant, ni vaniteux, ni sot... Si tu l'étais, je ne te dirais pas ce que je te dis... l'oncle Georges non plus n'est pas comme les autres !... ni Alain... Mais le colonel de Granpré ?... et monsieur de Blinville, et le petit monsieur Blinville ?... et de monsieur Ligny ?...

— Ce sont de très braves gens !...

— J'en suis convaincue... seulement ils ne sont pas rigolos, comme dit Suzette... Oh !... non !...

— Je suis désolé, ma pauvre chérie, de voir que tu ne te plais pas ici...

Gentille, elle affirma :

— Mais je m'y plais tout de même...

— Je suis si heureux, moi, si tu savais, depuis que nous sommes à Attigny !...

— Et moi, je suis bien contente que tu sois heureux...

— Non seulement je suis moins désœuvré et moins inutile, mais je vis, pour la première fois depuis notre mariage, sans souci, sans chagrin, sans cette atroce jalousie qui me torturait d'autant plus que je ne voulais pas la laisser voir....

Yvonne dit en souriant :

— Tu crois que tu ne la laissais pas voir...

— Toi, tu la devinais... mais jamais personne...

— Et Alain ?... et grand'mère ?...

— Jamais je n'ai rien dit à ton frère... et quant à grand'mère, je lui ai avoué pour la première fois, le soir de cette maudite visite au Louvre, que j'étais jaloux de toi...

— Elle le savait depuis longtemps, va !... Suzette aussi... Tu caches mal ce que tu penses, mon pauvre Antoine...

— Alors, tu sais à quel point tu es tout pour moi ?...

— Je suis moins « tout » qu'à Paris...

Il demanda bouleversé :

— Pourquoi dis-tu ça ?...

— Parce que, à Paris, j'étais seule à être « tout », tandis qu'ici je suis « tout » avec les bœufs, la vigne, les chevaux, le houblon, les comités et les électeurs...

— Tu es jalouse de ça ?...

Elle affirma convaincue :

— Non !... de ça ni de rien !... je ne serais jamais jalouse... C'est trop égoïste, trop maladroit et trop stupide !...

Antoine la regarda, l'air navré, et demanda anxieux :

— Tu ne m'aimes plus ?...

— Si... je t'aime...

— Tu m'aimes moins ?...

— Non... je t'aime autant...

— Tu as Attigny en horreur ?...

— Pas du tout !...

— Enfin tu t'y déplais ?...

— Mais encore une fois, non !...

— Alors quoi ?... qu'est-ce que tu as ?...

— Je n'ai rien!...

— Je vois bien que si...

Elle haussa les épaules :

— Et dire que cette discussion a lieu parce que je n'ai pas voulu aller aujourd'hui à Pont-sur-Meurthe!...

— Dame!... à Paris tu sortais tous les jours avec Suzette...

— Oui... parce que, à Paris, je voyais un tas de choses distrayantes ou jolies... parce que, à Paris, à la même place, on ne rencontre jamais les mêmes gens... tandis que, quand je sais qu'à Pont-sur-Meurthe je rencontrerai, rue des Bénédictins, tous les jours à la même heure la même madame de Granpré, qui sortira de chez le même pâtissier... place des Arènes, le même monsieur Percier qui sortira de son même bureau... ou, rue Saint-Pierre, Alain qui sortira du Quartier, eh bien, vrai, ça manque d'imprévu!... et j'aime autant me promener ici, dans le parc, où je ne rencontre rien... ou dans les prairies, où je vois quelquefois une vache noire couchée à l'endroit où, la veille, il y en avait une blanche...

— Tu regrettes Paris?...

— Je ne regrette rien!... je te jure, par exemple, que je préfère être à Attigny, où tu ne nous fais pas les sinistres têtes que tu nous faisais à Paris, qu'à Paris à te voir faire ces mêmes têtes...

— Vrai, ça?...

— Oh!... vrai de vrai!... Je ne peux pas voir des gens ennuyés ou chagrins... surtout des gens que j'aime...

— Et tu m'aimes?...

— Tu le sais bien!...

Il demanda, suppliant :

— Dis le mieux que ça?...

Yvonne quitta le grand bureau où elle était assise. Complaisante, elle vint passer autour du cou de son mari ses beaux bras, qui sortaient nus d'un peignoir de batiste tout fanfreluché de dentelles, et dit, affectueuse :

— Je t'aime, va!...

Antoine frissonna au contact des bras frais qui s'appuyaient à ses joues. Les yeux voilés, les lèvres tremblantes, il saisit Yvonne et, l'enlevant de terre, fit mine de l'emporter dans ses bras.

Mais elle se débattit et dit, agacée :

— Laisse donc!...

Il supplia, couvrant de baisers les fins cheveux qui volaient contre sa bouche :

— Yvonne!... ma chérie!... Je t'en prie?...

D'un mouvement brutal, elle lui échappa, et, sautant à terre, elle dit, se rajustant, très rouge et presque en colère :

— Voyons, tu es fou!... en voilà des façons!...

— C'est la première fois que tu me repousses... jamais autrefois à Paris, tu...

Elle l'interrompit brusquement :

— A Paris, nous sortions tous les soirs et nous rentrions à quatre heures du matin... Ici, ce n'est pas la même chose...

Et comme il la regardait, terrifié, elle conclut en riant :

— Ici, nous avons le temps!...

VII

Devant une belle maison neuve de la rue Carnot, la victoria s'arrêta.

Suzette — toute fraîche dans sa robe de piqué blanc — sauta à terre en parlant à sa grand'mère et sans regarder devant elle.

Monsieur d'Audierne, qu'elle n'avait pas vu et qui riait, arrêté au bord du trottoir, la reçut dans ses bras.

— Eh bien, petit!... c'est comme ça qu'on bouscule ce vieux colonel d'oncle?... où vas-tu, de ce pas?...

— Je vais demander si Elsa Gibaud est chez elle...

Elle entra dans la maison, en ressortit en courant, et dit :

— Elle y est!... alors, quand venez-vous me reprendre, grand'mère?...

— Je ne viendrai pas te reprendre... quand j'aurai fait mes courses, je me ferai conduire chez madame de Granpré... je te renverrai la voiture, et c'est toi qui viendras me chercher...

Suzette fit la moue :

— Il faudra que j'entre chez les Granpré?...

— Bien entendu!... est-ce que ça t'ennuie?...

— Ah! mais oui!...

— Adèle n'est pourtant pas aussi ennuyeuse que l'insupportable petite bonne femme que tu vas voir... —affirma le colonel.

Suzette dit en riant :

— Vous n'aimez pas Elsa, oncle Georges?...

— Ah! fichtre non! je ne l'aime pas!...

— Qu'est-ce qu'elle vous a fait?...

— Rien du tout!... Me crois-tu donc une si jolie nature que je n'apprécie les gens qu'en raison de ce qu'ils me font ou ne me font pas?...

— Non!... mais alors, pourquoi Elsa vous déplaît-elle si fort?...

— Parce que ce qui me plaît, c'est ce qui est sain, et propre, et franc, et normal... et que ces petites filles qui se plaquent de la poudre sur la figure, parlent comme des vieux philosophes, et n'aiment ni les petits jeux, ni la valse, ni les noisettes, ni rien de ce qu'on doit aimer à leur âge, me font horreur...

Madame d'Attigny demanda :

— Est-ce que nous allons rester là indéfiniment au soleil... à parler de la petite Gibaud et des jeunes filles qui te font horreur?... Voyons, montes-tu, Georges?...

— Mais oui... si tu veux m'emmener et me jeter chez moi, tu me feras plaisir... Allons!... Adieu, mon petit loup!...

Il embrassa le museau frais qui se tendait gentiment vers lui et conclut :

— Tu es à croquer, tu sais... avec cette robe blanche qui se tient toute droite, tu as l'air d'une petite rose dans un cornet de papier... Tu es drôle comme tout!...

Et, tandis que Suzette disparaissait sous la porte cochère, il dit à sa sœur, en s'installant à côté d'elle dans la victoria :

— C'est un amour, cette petite!... son cœur est frais comme sa peau!... elle est d'une simplicité, d'une candeur!... Et, à ce propos, en voilà une relation à supprimer, cette Elsa!...

— Mais pourquoi?... sous quel prétexte rompre ainsi en visière avec les gens, alors qu'on n'a pour le faire aucun motif sérieux?...

— Tout dépend de ce qu'on appelle un motif sérieux?... Moi, je trouve que la déformation possible de la jolie petite âme de Suzette, par cette sèche petite libre-penseuse, en est un, de motif sérieux!...

— Allons donc!... tu rêves!... Les Gibaud ne sont pas libres-penseurs...

— Je ne te dis pas que les Gibaud sont libres-penseurs...

— Alors, qu'est-ce que tu me dis?...

— Ce qui est!... à savoir que leur fille Elsa ne croit à rien... et se permet de ridiculiser ceux qui ont la faiblesse de croire à quelque chose... Et puis, enfin, elle est ridicule...

— A pleurer!...

— Eh bien, le ridicule aussi se gagne... le jour où Suzette t'arrivera avec des robes à soleils, des souliers à la poulaine, des bandeaux ventre affamé, et un lotus à la main, tu feras un rude nez!... Tiens!... arrête-moi chez le pâtissier... je meurs de faim!...

— Et tu vas manger des gâteaux?...

— Mais oui!... c'est mal?...

— Comme ça, en uniforme?...

— Est-ce que l'uniforme n'est pas compatible avec la faim?...

— Si... mais enfin...

— Je ne vois pas pourquoi, parce que je suis en uniforme, il me serait interdit de manger un baba... Joseph, arrêtez-moi là... au coin?... Allons!... au revoir!... j'irai dîner demain à Attigny... Sois raisonnable... ne t'amuse pas trop chez Adèle!...

Suzette — refusant l'offre du concierge, qui lui indiquait l'ascenseur d'un geste engageant — grimpa en courant au second étage et sonna.

Une grande bonne maigre, à l'air minable, vint ouvrir et la petite de Brias demanda :

— Est-ce que mademoiselle est dans sa chambre?...

— Non... Mademoiselle est au salon...

Couchée sur une chaise longue, Elsa, toute enroulée de mousseline à grandes fleurs, lisait. Elle se leva et dit, l'air gracieux :

— Que c'est aimable à vous de venir à mon jour !...

Une voix fraîche et douce répéta comme un écho :

— Que c'est aimable !...

Alors seulement, la jeune fille devina dans l'ombre madame Gibaud qui se faisait toute petite. Et comme elle s'excusait de ne pas l'avoir saluée, la pauvre femme balbutia, déconcertée par cette politesse à laquelle on ne l'avait pas accoutumée :

— Oh !... mademoiselle !... de rien, mademoiselle... de rien !...

C'était une petite femme toute ronde, avec de jolis yeux craintifs et des cheveux gris, fins et soyeux. Sa personne, effacée et proprette, respirait la bonté. On sentait que rien ne pouvait ni fâcher ni aigrir cette créature de douceur.

Elsa posa sur sa mère un regard froid, destiné à lui indiquer qu'elle avait assez parlé, et, faisant asseoir Suzette tout près d'elle et à l'écart de madame Gibaud, demanda :

— Nous ne vous avons pas trop fatiguées l'autre soir ?...

— Oh ! non !... je ne suis jamais fatiguée !...

— Vous, je le pense bien !... mais nous sommes partis très tard... et, pour madame d'Attigny...

Suzette ne songea même pas qu'une protestation banale et polie est d'usage en pareil cas. Elle répondit simplement :

— Grand'mère n'aime pas beaucoup à se coucher tard... mais elle n'a pas été fatiguée non plus...

— Et, se tournant vers madame Gibaud, elle ajouta, gentille :

— Elle a beaucoup regretté de ne pas vous voir, madame...

— Oh ! — bafouilla la pauvre femme qui rougit violemment — madame d'Attigny a été bien bonne de penser à moi... bien bonne, en vérité !... Je ne sors pas... je ne sors ja-mais !... mais je suis bien reconnaissante... bien touchée... oui, bien touchée...

Ce n'était pas une vaine formule. Madame Gibaud était vraiment touchée et reconnaissante du souvenir persistant de la comtesse.

Depuis longtemps, les habitants de Pont-sur-Meurthe avaient oublié, au point de vue mondain, l'existence de la femme du Doyen. On l'apercevait régulièrement à la messe, ou trottinant derrière sa fille dans la rue des Bénédictins ; ou encore, la conduisant à la Futaie — la promenade élégante de la ville — pour y entendre la musique. Mais jamais, depuis six ans qu'elle était à Pont-sur-Meurthe, on ne l'avait rencontrée dans un salon.

A son arrivée, le professeur avait fait seul les visites indispensables. Plus tard, Elsa s'était liée, au cours de madame Delbeau — le cours à la mode — avec quelques jeunes filles de la société, ou plutôt des différentes sociétés. On avait « gobé » d'abord son physique, très banal à tout prendre, mais qu'elle excellait à personnaliser pour le vulgaire.

Elle était, à Pont-sur-Meurthe, la seule jeune fille et même la seule femme qui se roulât dans des étoffes sans forme ni coutures, en affirmant qu'elle ne portait pas de corset ; la seule qui entrait dans une soirée, tenant à la main une fleur de lotus, telle la Dame de pique tenant sa tulipe ; la seule aussi qui osait psalmodier d'une voix chantante, en s'accompagnant au piano, des vers bizarres sans rimes ni mesure, et qu'on écoutait avec cette admiration recueillie, spéciale à ceux qui ne comprennent pas un traître mot.

Peu à peu, la fille du Doyen avait été de toutes les fêtes. Les uns l'invitaient, qui admiraient « son talent » et écoutaient bouche bée les monologues dernier cri de la « récitante » — c'est ainsi qu'elle-même s'intitulait. Les autres l'invitaient tout bonnement pour la blaguer copieusement.

Mais, sauf dans quelques maisons hermétiquement fermées à tout ce qui n'était pas « la société » du cru, il n'était pas une réunion où ne fussent priés les Gibaud. Les Gibaud, c'est-à-dire le père et la fille. Le Doyen, qui avait l'horreur du monde, accompagnait docilement Elsa. Et c'était pitié de voir ce beau grand bonhomme dirigé toujours et terrorisé souvent, par ce maigre petit bout de femme, dénué de charme et de grâce.

Elle était agacée pour l'instant, mademoiselle Gibaud, de voir que Suzette s'entêtait à mêler à la conversation sa mère. Elle ne pouvait pas admettre que la douce femme comptât pour quelque chose et, de son côté, la petite de Brias — qui apercevait l'irritation de la jeune fille — s'acharnait à poser à madame Gibaud les questions les plus inutiles, sans même écouter ce qu'elle lui répondait.

A la fin, elle demanda :

— Irez-vous au rallye paper de dimanche ?..

— Oh ! non !... — balbutia madame Gibaud, effarée — je ne sors pas... je ne vais nulle part... Vous êtes bien bonne...

Cette fois, Elsa qui depuis un instant agitait rageusement son pied un peu trop long, se leva et proposa d'un air indifférent :

— Voulez-vous venir un peu dans ma chambre ?... vous ne la connaissez pas, je crois ?... je voudrais vous la montrer...

— Volontiers !... dit Suzette.

C'était effectivement la première fois qu'elle entrait dans la chambre de mademoiselle Gibaud.

Les deux jeunes filles se voyaient assez souvent, mais sans qu'aucune intimité se fût jamais établie entre elles.

La petite pièce encombrée de draperies et rendue sombre par de triples stores — qui étaient l'éblouissement et l'ambition des jeunes filles de Pont-sur-Meurthe — parut à Suzette d'un sinistre mauvais goût.

Habituée à sa chambre claire, aux meubles simples et commodes, et où l'air et le soleil entraient à leur gré, à son petit lit étroit, et à sa large toilette, à demi couverte par une énorme cuvette de faïence anglaise aux tons roses, elle s'étonnait du mobilier, peu confortable et faussement élégant, qu'elle devinait confusément dans l'obscurité.

Comme les persiennes étaient fermées, ainsi que les fenêtres et les rideaux, une odeur de renfermé, fade et humide, mêlée à des parfums violents et vulgaires, emplissait la pièce. On y respirait mal.

Elsa offrit à Suzette une chaise Henri II, droite et dure, et s'assit elle-même sur une sorte de siège posé sur deux marches et surmonté d'un toit. Puis, elle tapota les plis de sa mousseline ramagée; s'accota contre un coussin ; posa sa joue dans sa main et son coude sur le bras sculpté du siège, et expliqua :

— Nous sommes mieux ici pour causer que devant maman... Vous ne trouvez pas ?...

— Mais non !... — dit tranchement la petite — madame Gibaud ne me gênait pas du tout..

— Que si !... maman est très bonne... mais elle ne saisit pas toujours très bien ce que l'on dit... et elle l'interprète souvent de travers... Ça complique... c'est gênant... et puis ici, je me trouve chez moi... ma chambre me plaît...

— Elle est très jolie !... — fit poliment Suzette.

— Oh !... ce n'est pas ça !... elle est toute simple !... Mais j'y suis bien pour rêver...

La petite écoutait sans rien dire. Alors mademoiselle Gibaud demanda, avec une méprisante bienveillance :

— Vous ne rêvez jamais ?...

Suzette fit la bête.

— Oh ! si !... presque toutes les nuits...

Elle regardait, en parlant, l'étroite pièce où s'amoncelaient des bibelots, laids pour la plupart. Seuls, une table de Majorelle et un vase de Daum jetaient une note vraiment artistique dans ce chaos prétentieux. Suzette remarqua que le vase était vide et, qu'en cette saison où foisonnent les fleurs, il n'y avait dans la chambre ni une rose, ni un œillet. Et surprise, elle questionna :

— Vous n'aimez donc pas les fleurs ?...

— Je n'aime pas les fleurs banales... mais j'adore le lotus, par exemple !... j'adore ce qui est beau et rare... Ainsi, je rêve parfois de champs d'iris... d'iris noirs, bien entendu!...

— Pourquoi noirs?...

— Parce que ceux-là seuls ont de la beauté... Je rêve de champ d'iris noirs, sur lesquels voltigent de grands papillons aux ailes de brocart pailletées de gemmes chatoyantes... Et vous?... ne voyez-vous donc pas en rêve ces choses jolies?...

— Oh!... pas du tout!... moi je verrais plutôt un champ d'avoine... ou une vigne...

— Une vigne vierge?...

— Pourquoi vierge?... Non, une vigne ordinaire... avec du raisin... et, dedans, des petits papillon bleus... vous savez... ces jolis papillons qui ont l'air de tout petits morceaux du ciel...

— Aimez-vous la musique?...

— Beaucoup...

— Et... vous en faites?...

— Un peu...

— Vous jouez du Wagner?...

— Jamais...

— Ah!... — fit Elsa en souriant — c'est par patriotisme sans doute?...

— Oh! non!... c'est par incapacité... C'est une musique qui ne supporte pas la médiocrité... et je suis très médiocre pianiste... Ma sœur en joue, du Wagner...

— Tiens!... vous avez une sœur?...

— Mais dame!... j'ai Yvonne...

— Ah!... votre belle-sœur!... Elle est très belle, madame de Brias!...

— Oui!... — fit la petite ravie — je ne crois pas qu'il y ait, ici ni ailleurs, beaucoup de femmes pour lui faire la pige...

— Il faut dire aussi qu'elle s'habille à ravir!...

Suzette protesta :

— Oh!... ça n'est pas ça!... au contraire... moins elle est habillée, plus elle est jolie!...

Voyant que mademoiselle Gibaud prenait un air choqué, elle expliqua :

— Je veux dire que c'est quand elle a des petites robes de quatre sous qu'elle est le mieux... ou bien encore en amazone... Je la regardais ce matin quand nous rentrions à cheval...

— Vous avez de la chance d'avoir des chevaux!...

La petite de Brias regardait attentivement les dessins du tapis. Elsa reprit :

— Pour moi, c'est la seule chose qui me fasse déplorer de ne pas avoir d'argent!... Ainsi, par exemple, ces rallyes en voiture, c'est absurde!... il faut être à cheval et franchir les obstacles!... ça vous a une allure... c'est superbe!... Vous allez suivre dimanche comme d'habitude?...

— Dimanche?... j'ai bien peur que non!... nous avons des cousines qui viennent passer la journée à la maison... Alors, comme il n'y a pas assez de chevaux pour tout le monde, je suivrai avec elles en voiture, probablement...

— Vous attellerez votre cheval?...

— Mais non!... il ne s'attelle pas...

— Alors, qu'est-ce qu'il fera pendant ce temps-là?...

— Ben, il restera à l'écurie... Pourquoi?...

— Parce que... mais... si je suis indiscrète, dites-le moi franchement?... parce que, dans le cas où vous ne suivriez pas, je vous aurais demandé de me prêter votre cheval?...

Suzette fut très ennuyée. Jamais elle ne laissait monter *Jeannette* qu'à son frère Antoine, ou à M. de Plouaret. Fred lui-même l'eût inutilement demandée. Mais elle fit fortune contre bon cœur et répondit gentiment :

— Elle est un peu verte, ma petite jument... mais vous montez sans doute très bien?...

L'idée que la jeune fille n'avait jamais approché d'un cheval ne lui vint même pas.

Elle ignorait que si nul ne songe à faire assaut sans savoir tirer, ni à se jeter à l'eau sans savoir nager, chacun croit pouvoir monter d'emblée à cheval.

Tout en causant, Elsa Gibaud, qui s'était assise contre la fenêtre ouverte, semblait surveiller la rue. Une ou deux fois elle se leva, tournant le dos à Suzette et masquant la fenêtre, à tel point que la petite pensa :

— On dirait qu'elle fait des signes à quelqu'un?... à qui diable ça pourrait-il être?...

Et comme, pour la troisième fois, la jeune

fille s'occupait évidemment de la rue, Suzette se dressa brusquement derrière elle et aperçut monsieur Gottland qui passait lentement les yeux levés vers la fenêtre.

Elsa n'avait pas vu le mouvement de la petite de Brias. Elle se rassit en disant :

— Ce store est insupportable !... il ne nous protège pas du tout...

Suzette qui riait, répondit :

— Oh ! moi, il me protège bien assez !...

Puis, bonne enfant au fond, et désireuse, puisqu'elle prêtait sa jument, de faire plaisir complètement, elle demanda :

— Vous avez naturellement une amazone ?...

— Oui !... — dit Elsa — j'ai tout ce qu'il me faut, je vous remercie...

— Alors, à quelle heure voulez-vous que je vous envoie la jument ?... et d'abord, où la voule z-vous ?... Est-ce ici, à votre porte, ou bien au Cinq Tranchées ?... Vous préférerez peut-être aller en voiture au rendez-vous ?...

La jeune fille réfléchit, hésitante, se demandant s'il valait mieux épater les populations en traversant la ville à cheval, ou, au contraire, monter seulement au rendez-vous. Là, un des chasseurs — élégant du cru, ou officier chic — lui prendrait le pied pour l'asseoir en selle. Et déjà elle s'apercevait voltigeant et retombant légère sur le cheval, ainsi qu'elle l'avait vu faire à Suzette et à sa belle-sœur.

Cette perspective aimable la séduisit, et ce fut au rendez-vous qu'elle pria Suzette d'envoyer sa jument.

— Vous ferez attention au départ — recommanda la petite de Brias — elle a souvent des gaîtés... et puis, il ne faut lui donner ni coups de bâton, ni coups d'éperon...

Mademoiselle Gibaud se récria :

— Croyez-vous donc que je vais monter à cheval avec un bâton ?...

— Ah !... vous n'en prenez pas !... moi non plus... j'aime à monter les mains vides...

Et sans laisser à Elsa le temps de répondre, elle demanda :

— Mettez-vous un éperon ?...

— Mais... je ne sais... est-ce nécessaire ?...

— Non !... non !... au contraire !... — affirma Suzette, qui se méfiait instinctivement de la façon de monter de Mademoiselle Gibaud, et redoutait l'effet d'un coup d'éperon involontairement donné à la petite ponnette si susceptible.

Tout en parlant, elle tendait l'oreille, espérant entendre la voiture qui devait venir la chercher. Elle s'assommait dans cette chambre sombre, encombrée de bibelots que l'on devinait poussiéreux.

Elsa, à demi allongée à présent sur une sorte de dormeuse, inondée de coussins chiffonnés, sur lesquels elle s'accoudait dans une pose étudiée, avait laissé la petite de Brias sur la chaise cannée, haute et droite, où elle se trouvait très mal à l'aise. L'envie de bâiller la prenait. Elle appelait de tout son cœur l'arrivée de la victoria. Elle ne trouvait rien à dire à cette jeune fille si différente d'elle-même, qui, roulée dans des mousselines molles semées d'iris noirs, et cravatée d'un crêpe noir, qui descendait en spirales lugubres jusqu'au bas de sa robe, lui faisait l'effet d'un être d'une autre espèce, et d'une espèce qu'elle jugeait ridicule et embêtante.

Mais néanmoins, la fille du Doyen avait un certain côté vicieux, frelaté et mystérieux, qui excitait fort la curiosité de la petite Suzette. Elle s'en voulait, par instants, de ne pas comprendre la saveur de cette créature idéale, qui vivait intellectuellement, alors que, elle, vivait de façon si infiniment terre à terre.

Cette manière de juger Elsa Gibaut et elle-même était d'ailleurs nouvelle.

L'ennui vague qui flottait autour de Suzette, sans que même elle comprît que c'était l'ennui, commençait — en lui apprenant l'analyse des choses — à anémier et à compliquer sa nature si vigoureuse et si simple.

Comme elle regardait machinalement un cadre assez grand, posé sur un chevalet et voilé d'un crêpe, mademoiselle Gibaut dit, la voix profonde et l'accent pathétique :

— C'est lui... le Grand Martyr!...

— Quel grand martyr ?... — demanda étourdiment Suzette qui était, cette fois, comme toujours, à cent lieues de l'Affaire.

Mademoiselle Gibaud se leva avec effort, se dirigea vers le cadre d'un pas lent — qui tanguait dans un essai d'allure lassée et suggestive — et souleva le crêpe en disant :

— Nous tous, qui sommes pour l'Humanité, nous vivrons dans le deuil jusqu'à ce qu'on lui ait enfin rendu Justice !...

Elle désigna de son doigt maigre, chargé de grosses bagues, le crêpe noir qui serpentait tout le long d'elle et acheva :

— Nous tous garderons, jusqu'au jour de la revanche... de la revanche complète... ces voiles douloureux et nous ne...

Elle s'arrêta, voyant que Suzette ne l'écoutait plus. La jeune fille s'était détournée, au lieu de regarder avec l'attendrissement voulu le portrait du martyr. D'abord, elle le trouvait abominable ; ensuite elle flairait un danger, qui lui était déjà signalé, mais qui, pour la première fois, lui apparaissait formel.

L'air aimable, elle répondit :

— Grand'mère me défend de parler de l'Affaire...

Elsa souleva ses maigres épaules et dit, avec un sourire chargé de pitoyable ironie.

— Et vous obéissez... servilement ?...

La petite de Brias rectifia, sans quitter sa mine gracieuse :

— J'obéis... docilement, si vous voulez bien ?...

— Oh !... pardon !... — fit mademoiselle Gibaud, d'un air courroucé et digne — je ne pensais pas vous froisser en parlant du Capitaine Dreyfus...

— Et moi, — répliqua Suzette, bon enfant — je ne pense pas vous froisser en n'en parlant pas ?...

La petite disait l'exacte vérité quand elle répondait que sa grand'mère lui avait interdit de parler de l'Affaire. Elle eût même pu ajouter que c'était mademoiselle Gibaud qui avait provoqué cette défense. En effet, madame d'Attigny, qui ne recevait que des braves gens, n'avait jamais songé — avant l'entrée de la jeune fille dans son salon — à prohiber un sujet de conversation évidemment douloureux, mais non pas dangereux entre Français qui sentent de même façon les choses.

Mais, à deux ou trois reprises, « *la demoiselle aux lotus* » — comme l'appelait volontiers la comtesse — avait lancé d'un ton sentencieux des aphorismes dreyfusards, qui stupéfièrent la vieille femme et attirèrent cette réflexion du colonel d'Audierne :

— Décidément, c'est le parti des rachitiques !...

Aussi violemment antidreyfusarde qu'il fût possible de l'être, madame d'Attigny tenait, toutefois, à avoir une vie tranquille et un salon correct. L'idée des disputes, ou même des discussions qui naîtraient d'une conversation sur l'Affaire, entre nationalistes et dreyfusards, l'épouvanta.

Et lorsque les Gibaud furent partis — le soir où Elsa avait tenté de planter le premier jalon juivard — madame d'Attigny dit à ses enfants réunis :

— Je vois que cette petite pécore se permet de faire ici de la propagande dreyfusarde... J'aime bien son père, qui est un excellent homme, d'esprit et de cœur très Français, et, à cause de lui, je ne peux pas la mettre à la porte..., mais je vous défends, entendez-vous bien, les enfants ?... je vous défends de répondre un mot à ses sentences ou à ses insinuations... Et, pour simplifier toutes choses, j'interdis formellement et une fois pour toutes, qu'il soit jamais question de l'Affaire chez moi... Est-ce compris ?...

Quand la comtesse disait ainsi : « Est-ce compris ?... », cela signifiait que, coûte que coûte, il fallait comprendre. Elle avait pourtant trouvé, lorsque Fred s'était écrié : « Ah! quel bonheur !... on n'en parlera plus !... on en a plein le dos !... » qu'il se montrait beaucoup trop empressé d'obéir.

La vieille Française de pur sang qu'elle était, comprenait mal les tempéraments mous de la jeunesse actuelle. Elle eût, au fond, été ravie de voir regimber son petit-fils.

Après la réponse de Suzette, mademoiselle Gibaud avait revoilé le portrait du Martyr et s'était rassise sans plus parler. Un instant gênée, la petite de Brias trouva vite le moyen de ramener un sourire sur les lèvres pâles, rougies au raisin, de la demoiselle aux lotus.

— Grand'mère — dit-elle gaiement sans paraître remarquer le froid qu'avait fait naître sa franchise — m'a chargée de demander à monsieur et à madame Gibaud de lui faire le plaisir de venir passer la soirée dimanche à Attigny... On dansera je pense... Au goûter du rallye, Yvonne invitera des danseurs... C'est tout à fait entre nous, sans aucun apprêt... C'est ce matin que la chose a été décidée... pour amuser mes cousines qui sortent si rarement...

— Comment s'appellent-elles, vos cousines ?... — demanda Elsa.

— Mesdemoiselles de Lassy...

— Sont-elle jolies ?...

— Oui... Jeanne est drôle, amusante, blonde, ébouriffée !... quelque chose dans mon genre, en beaucoup, beaucoup mieux..., et Isaure est belle comme tout !...

— Quel joli nom, Isaure !...

— Pas plus joli qu'Elsa...

— On a de la chance de s'appeler Isaure... !

— Pas plus que de s'appeler Elsa...

Et Suzette — qui supposait que mademoiselle Gibaud devait s'appeler de son vrai nom Joséphine ou Julie — pensa :

— Pourquoi diable n'a-t-elle pas choisi Isaure ?... pendant qu'elle y était, ça ne coûtait pas plus...

Elle entendit enfin rouler la voiture et, dans son contentement de quitter le lugubre logis, elle accepta presque joyeusement la visite à madame de Granpré.

Mademoiselle Gibaud l'accompagna jusqu'au seuil de sa chambre seulement. Puis, revenant à la fenêtre, elle ferma soigneusement les jalousies et se tapit derrière, pour voir Suzette monter en voiture.

Et là, examinant âprement la petite de Brias, elle lui envia — non pas tant sa grâce solide et sa toilette de bon goût — que la vic

toria et les chevaux qui l'emmenaient avec fracas à travers les rues chaudes et désertes.

Quand la voiture eut disparu, quand on n'entendit plus le roulement qui s'éloignait, Elsa vint, de sa même démarche traînante, se mirer dans la psyché laquée de blanc. Elle examina sa peau, ses yeux qui étaient fort beaux, ses cheveux ternis par l'ondulation factice, puis, secouant la tête dans un mouvement de défi, elle pensa :

— Nous verrons bien dimanche !...

Elle oubliait tout à fait Le Martyr pour ne songer qu'aux officiers qu'elle affectait de dédaigner si fort, mais qu'elle avait, jusqu'ici, reluqués comme maris possibles et ardemment désirés. Elle ne voyait — parmi les jeunes gens de Pont-sur-Meurthe — personne qui pût lui convenir. Tous ces petits bonshommes sans le sou vivaient chichement autant qu'elle, et aucun ne lui offrirait le luxe qu'elle convoitait.

Plusieurs officiciers, au contraire, lui semblaient remplir les conditions voulues.

Il y avait bien aussi Gottland, qui s'occupait d'elle, l'attendait dans les rues, et lui avait dit qu'il l'aimait... Oui, mais Gottland était un pauvre diable de professeur, un peu moins minable que les autres, mais manquant absolument d'allure et de brio.

Et puis, elle en avait assez de l'Université et des Universitaires !... Ah ! si le capitaine Percier voulait, elle ne demanderait pas mieux ! Il n'avait pas de nom, mais il était si charmant, si élégant, si solide !

Et elle revoyait l'officier uniquement occupé — au dîner d'Attigny — de madame de Brias. A elle, il ne lui avait pas dit quatre mots ! Il l'avait laissée causer tout le temps avec le petit Fred.

Celui-là, il était visible qu'elle lui plaisait !... Mais il n'avait pas même vingt ans, il n'y fallait pas songer...

Et, après s'être bien regardée dans la psyché, elle fut s'allonger sur son lit, continuant sa rêverie, sans plus ficher un coup d'œil au Martyr !

Chez madame de Granpré, le Tout-Pont-sur-Meurthe s'était donné rendez-vous. Suzette se trouva un peu dépaysée. Elle ignorait les potins et les rivalités de clocher, et ne comprenait pas un mot des conversations indigènes.

Mais elle se bourra de gâteaux excellents, et s'amusa beaucoup de voir « Adèle » habillée presque comme Elsa Gibaud : mousselines vagues à ramages indécis, bandeaux très bas. Et aussi les mêmes allures lassées, la même douceur alanguie.

Monsieur Gottland vint faire une visite, et il parut à Suzette ridicule et empoté plus encore qu'à Attigny.

Il lui sembla aussi qu'Adèle regardait sans dégoût le jeune professeur, et qu'elle posait pour lui de toutes ses forces.

Et la petite s'étonna ! Certes, il n'était pas bien, ce Gottland !... il était même mal !... Mais enfin il avait — pensait-elle — vingt-sept ou vingt-huit ans et Adèle en avait plus de cinquante !

Chez madame de Granpré, les officiers manquaient d'abandon. Si aimable qu'elle se montrât pour eux, Adèle était leur général. Elle avait même été le colonel de quelques-uns, et tous avaient eu plus ou moins à se plaindre d'elle.

Les femmes se montraient plus craintives encore que les maris. Elles ne venaient guère que par ordre, restaient quelques minutes et repartaient en hâte.

Adèle ayant, au cours de la conversation, insinué que Fred ne venait jamais la voir, madame d'Attigny excusa son petit-fils en disant qu'il était, en ce moment, si occupé qu'il lui était impossible de faire ce qui lui était agréable. Aujourd'hui, il n'avait pas quitté Attigny. Il travaillait d'arrache pied son examen...

Tandis qu'elle parlait, Suzette désœuvrée, s'amusait, tout en mangeant des gâteaux, à regarder par la fenêtre. En face de la belle maison neuve où demeuraient les Granpré était une petite maison, débris du vieux Pont-sur-Meurthe. Une maisonnette avec un jardin de curé et des volets verts.

Assise dans le jardinet, une grosse vieille dame, un chat sur les genoux, tricotait un bas qui semblait immense. Une fenêtre de l'unique étage s'ouvrit, et une femme jeune, mais trop grosse et très peinte, se montra vêtue d'un peignoir bleu ciel tout fanfreluché de dentelles.

Et comme Suzette regardait cette apparition, avec l'inconsciente curiosité des petites filles pour les choses qu'elle devinent défendues, elle vit, stupéfaite, la silhouette de Fred qui se détachait sur le fond de la pièce sombre.

Puis, il vint à la fenêtre examiner la rue d'un air contrarié. Suzette comprit que, pour sortir, les voitures qui stationnaient à la porte des Granpré le gênaient.

Et, en elle-même, elle se réjouit d'avoir surpris le secret qui lui donnait barre sur son frère.

Elle se retourna vers le salon, craignant que madame d'Attigny n'eût, elle aussi, entrevu quelque chose. Et dans ce mouvement, elle aperçut monsieur Gottland qui la regardait extasié. C'était bien elle qu'il regardait !... Elle seule était dans cette direction. Il n'y avait pas d'erreur possible.

La physionomie, toujours hermétiquement fermée du jeune professeur, semblait en ce moment rayonner. Ses yeux bleus, d'un bleu si fade, luisaient dans son visage pâle et d'un dessin mou.

Dès qu'il vit que la petite de Brias avait remarqué son attitude, il parut se troubl très fort.

Suzette, qui depuis bien des jours trouvait le temps long et la vie bête, fut presque contente de cette admiration qui jetait une note nouvelle en éveillant sa coquetterie. Jamais, croyait-elle, personne ne l'avait gobée à ce point.

Elle s'assit, pensive, en voiture à côté de sa grand'mère. Mais elle n'écouta pas les réflexions pleines d'humour que le salon d'Adèle inspirait à madame d'Attigny. Elle se disait, à part elle, que si monsieur Samuel Gottland était un peu ridicule, tout de même ses yeux étaient beaux et expressifs.

VIII

Le dimanche, madame d'Attigny se leva de très bonne heure. Elle avait des lettres à écrire et voulait aller à la première messe, pour pouvoir ensuite s'occuper de sa maison.

Toute la journée elle aurait du monde. D'abord, ses nièces de Lassy arrivées la veille; une dizaine de personnes à déjeuner; vingt à dîner, et le soir un bal. Bal sans cérémonie, sans préparatifs, mais enfin bal tout de même, où il fallait à boire, à manger et de la musique.

En allant prendre une robe dans une pièce voisine de la chambre de Fred, il lui sembla entendre le bruit d'une chaise glissant sur le parquet et elle pensa :

— Il est éveillé!... je vais aller lui faire mon petit sermon!...

La veille, à minuit et demi, elle avait vu rentrer par la fenêtre son petit-fils, qui avait quitté le salon à neuf heures, disant qu'il allait se coucher.

Elle commençait à comprendre pourquoi toute la maison s'égayait de la façon dont Fred travaillait en s'enfermant, et en ne répondant à aucun appel, et ce qui faisait sourire les domestiques, lorsque, à table, elle observait qu'il avait une mine de papier mâché.

— Ce n'est pas étonnant qu'il ait cette mine-là!... — pensait la pauvre grand'mère — il rentre à une heure du matin après avoir fait Dieu sait quoi, et il est levé à quatre heures et demie!... C'est fou vraiment!... Qu'une vieille comme moi ne dorme pas, à la bonne heure!... mais un gamin de cet âge, ça devrait dormir dix heures à poings fermés...

Il faisait un temps admirable. Le soleil se levait dans une buée rose et la comtesse, qui adorait ces matins de Lorraine, descendit au jardin.

Et l'idée lui vint de cueillir, pendant sa promenade, une partie des fleurs nécessaires à la décoration de la salle à manger et des salons.

Elle prit dans le vestibule la grande cor-beille dont se servait Suzette — habituellement chargée de la cueillette des fleurs — et sortit par une des petites portes.

A l'instant où elle arrivait à l'angle du château, elle vit s'ouvrir la fenêtre de Fred, située au rez-de-chaussée à l'extrémité opposée. Puis, une femme descendit lourdement et disparut dans les massifs, tandis que la grand'mère, ahurie, murmurait :

— Elle marche comme un canard!...

C'était tout ce qu'elle avait pu voir! La façade d'Attigny avait cinquante mètres de long et, à cinquante mètres, la vue fatiguée de la comtesse ne distinguait plus grand'-chose. Elle était sûre seulement que le «tas» qu'elle venait de voir s'évader péniblement de chez son petit-fils, était une paysanne.

Elle chercha :

— Laquelle?... Rose Mansuy peut-être?... Elle est très jolie!... et je ne crois pas qu'elle vaille bien cher!... ou la petite Bicard?... elle est gentille aussi... et elle rigole depuis son plus jeune âge avec tous les garçons du pays... Je ne pense pas que ce soit une fille honnête jusque là... si cela était, monsieur Fred aurait affaire à sa vieille grand' mère... Mais, non il n'est pas assez séduisant pour détourner une jeune fille du droit chemin... C'est vrai...! je le vois tel qu'il est, quoi qu'il soit mon petit-fils,... et il me paraît impossible qu'une femme risque beaucoup pour ses beaux yeux...

Mais madame d'Attigny était préoccupée de cette histoire. Elle savait que — même en Lorraine où les paysans sont relativement honnêtes — ils exploitent volontiers la perte d'un capital qui n'existe plus depuis longtemps.

Et il était, à Attigny, quatre ou cinq familles de mauvais drôles, très capables d'essayer d'un chantage.

La comtesse souhaitait, d'ailleurs, que « le canard », comme elle désignait dans sa pensée la femme sortie par la fenêtre de Fred, appartînt à l'une de ces quatre ou cinq familles galeuses.

L'idée que son petit-fils pouvait avoir fait fauter une brave fille lui était insupportable

Et, après avoir cueilli sans entrain quelques roses, elle pensa que le mieux était de demander tout de suite à Fred une explication.

Elle s'en fut frapper à sa porte, mais il n'ouvrit pas, rien ne bougea dans sa chambre et madame d'Attigny s'énerva. Elle en avait assez à la fin, de ces façons sournoises !...

Décidément, Fred était le moins réussi des trois Brias! Antoine eût été parfait sans sa jalousie. Suzette était un amour sans un réel défaut. Et ce petit Fred, avec sa veulerie, son manque de patriotisme, sa paresse, sa terreur du service militaire et sa noce, qu'il ne supportait même pas brillamment, manquait de caractère et d'allure.

Rageusement, la grand'mère recommença à cogner. Le même silence absolu continua de régner.

Alors elle revint, par le jardin, vers la fenêtre de son petit-fils. Par cette fenêtre, restée toute grande ouverte, elle vit, au milieu du lit, un paquet de cheveux dressés en baguettes. Fred, le nez enfoui dans ses draps, dormait sur le ventre comme un bienheureux. Si mécontente qu'elle fût, la comtesse hésita presque à troubler ce bon sommeil, mais il fallait profiter de l'occasion qui se présentait d'être seule avec le petit bonhomme. Les jours suivants allaient être très occupés et il en profiterait pour se défiler encore.

Le colonel d'Audierne avait raison lorsqu'il disait à sa sœur que quand on ne voyait pas ses cheveux blancs elle l'avait l'air d'une jeune fille. Elle posa son pied sur une pierre qui saillait au bas de la fenêtre, puis ses mains fines sur l'appui, et s'enleva, souple et légère. Sa longue silhouette se dressa un instant dans l'encadrement sombre, puis plongea dans l'appartement.

— Fred !... — fit madame d'Attigny en secouant l'enfant — Fred !... veux-tu répondre ?...

Il ne bougea pas, mais se laissa retourner comme une plaque, du ventre sur le dos, où il demeura la bouche ouverte, sans que son ronflement en fût même interrompu. Il dormait profondément et la comtesse, qui ne pouvait à présent douter de la sincérité de son sommeil, cherchait un moyen de le réveiller quand même.

Avisant sur la toilette la grosse éponge qui servait à Fred pour son tub, elle la trempa dans le pot à eau. Puis, revenant vers le lit, la serra au-dessus de la tête du petit bonhomme. Il n'ouvrit pas les yeux, mais sa figure se plissa dans une grimace, tandis qu'il sortait une langue rose et, lentement cueillait les gouttes d'eau à mesure qu'elles arrivaient à sa bouche.

Devant cet extraordinaire sommeil, la mauvaise humeur de la grand'mère se dissipait peu à peu et ce fut en riant qu'elle se mit à serrer le nez de Fred jusqu'à ce que, enfin, il s'éveillât en disant :

— Vas-tu me lâcher, sale bête !...

Mais en reconnaissant sa grand'mère, il se dressa en murmurant les yeux ronds et, l'air abruti :

— Oh !... oh ! par exemple !...

Madame d'Attigny s'était assise sur une chaise au pied du lit, elle demanda:

— Veux-tu me faire le plaisir de répondre... et de répondre franchement, tu m'entends... à quelques questions que je vais te poser ?...

— Oui, grand'mère...

— Ne mens pas !... Si tu mens, tu auras affaire à moi... Hier soir, après le dîner, tu nous as dit que tu montais te coucher... Tu y es allé ?...

— Non, grand'mère...

— A la bonne heure !... où es-tu allé ?...

— A Pont-sur-Meurthe...

— Et puis ?...

— Et puis au théâtre...

— Seulement ?... Tu... t'intéresses à quelqu'un du théâtre ?...

— Mais...

Il réfléchit tout à coup que, puisque sa grand'mère errait, le mieux était de l'entretenir dans la fausse voie. Et il bafouilla d'un air embarrassé:

— Mon Dieu !... je... peut-être...

Mais la comtesse n'était pas, une fois ses yeux entr'ouverts, aussi facile à rouler que le pensait son petit-fils. Elle reprit paisiblement

— Peut-être ?... Alors, qu'est-ce que tu fais, pendant ce temps, de la Grenouille Bienfaisante ?...

Fred devint rouge comme un coq.

— Si vous êtes si bien au courant, grand'-mère, alors, moi, je n'ai rien à vous dire...

— Si...

— Quoi donc ?... — demanda-t-il vaguement inquiet.

— Le nom de la femme qui, tout à l'heure, est sortie de chez toi par la fenêtre ?...

Le petit Brias saisit à pleine main ses cheveux raides et les tira d'un geste brusque, en disant :

— Du moment que vous me faites moucharder...

— Je te prierai de prendre un autre ton, d'abord... Ensuite, je te dirai que je ne te fais pas moucharder... tu as le tort de rentrer et de faire sortir des gens de chez toi quand je ne suis pas encore couchée ou quand je suis déjà levée, voilà tout !... Et maintenant, veux-tu me dire quelle est, parmi les filles d'Attigny, celle qui était là tout à l'heure ?...

Fred se gratta encore la tête, tortillonna son drap d'un geste gauche, et finalement répondit :

— Ça, grand'mère, j'peux pas !...

— Au fond, il a raison, ce petit !... — pensa la comtesse, qui déclara d'un ton convaincu :

C'est très bien... je le saurai...

Et, tout en se levant pour sortir, elle se disait :

— C'est très joli d'affirmer ça !... C'est très désinvolte !... Mais comment diable est-ce que je le saurai !...

Comme, arrivée à la porte, elle retirait le verrou, Fred qui la regardait demanda, étonné :

— Tiens !... par où donc êtes-vous entrée ?...

Elle indiqua la fenêtre et son petit-fils pensa, en la suivant de l'œil, tandis qu'elle disparaissait dans le corridor :

— Elle est tout de même épatante pour son âge grand'mère !... épatante !...

Madame d'Attigny cueillit des fleurs, écrivit ses lettres, alla jeter un coup d'œil sur les voitures et donner les ordres pour la journée, puis s'en fut à la première messe.

Dans le village, elle fut rattrapée par une femme qui venait quelquefois en journée au château, pour laver ou éplucher les fruits pour les confitures et les légumes pour les conserves. Cette femme, appelée la Piédou, et surnommée Bellehure par les gens du village, passait pour être, ou avoir été surtout, et ce, malgré son extraordinaire laideur, « la femme de mauvaise vie du pays ». Mariée à un brave homme de jardinier, qui ignorait ses frasques, elle le privait de nourriture et le battait, disait-on.

De cela, beaucoup plus que de sa conduite, la comtesse lui en voulait. Elle se souciait peu des potins et des racontars, qui représentaient la Piédou comme une femme de mœurs légères, mais elle trouvait inutile de l'employer régulièrement, puisque le père Piédou ne profitait pas du bien-être relatif apporté par l'argent gagné au château. Et elle avait fait engager une autre femme de journée, préférant donner de temps en temps au bonhomme une pièce qui, au moins, serait pour lui.

— Madame la comtesse — geignait la Piédou en rejoignant madame d'Attigny — madame la comtesse sait-elle que l'an-ci on n'm'a guère fait travaille rpour l'château !... et qu'on a pris Marie Ferraud... c'est y qu'madame la comtesse l'sait?..

— Oui... — fit madame d'Attigny — je le sais...

La Piédou questionna encore :

— Alors, comme du temps qu'madame la comtesse habitait pas l'château on m'employait et qu'on n'm'emploie plus, c'est probable qu'c'est rapport à madame la comtesse?...

— Oui — dit madame d'Attigny — j'ai fait prendre Marie Ferraud parce qu'elle est plus travailleuse que vous... et que l'argent qu'elle gagne profite aux siens au lieu d'être bu ou donné...

— L'argent que j'gagne profite aux miens aussi !...

— Il n'y paraît pas!... Votre mari, qui est un ouvrier modèle, est maigre et déguenillé... nul ne s'occupe de lui...

— Excepté vous, toujours!... que chaque fois qu'vous l'rencontrez vous l'y fichez d' l'argent pour qu'y va l'boire, ainsi...

— Piédou ne boit que de l'eau, vous le savez bien...

— C'est vous qui l'dites!...

Il n'était plus question, ni de « madame le comtesse, » ni de troisième personne, mais cela était bien indifférent à madame d'Attigny. Elle était trop intelligente et réellement distinguée pour attacher aucune importance aux prérogatives et à l'étiquette, mais cette façon de l'interroger l'agaçait. Et, comme la Piédou continuait à la suivre en élevant la voix:

— En voilà assez!... — dit-elle — je fais ce que bon me semble...

La femme s'arrêta en marronnant, et, à travers plusieurs phrases incompréhensibles, la comtesse démêla seulement ceci :

— Votre petit-fils aussi, fait c'que bon lui semble!... reste à savoir si ça semble bon aux autres...

— Ça y est !... — se dit madame d'Attigny très ennuyée — on connaît les fresques de Fred et on en parle dans le village!... C'est complet!...

Que son petit-fils ne vécût pas comme un saint, ça ne l'étonnait guère. Ce n'était pas de cette façon que vivaient les Brias qu'elle avait connus. Mais elle jugeait que Fred dépassait les limites permises à son âge, et, si elle eût consenti à fermer les yeux sur quelques farces, elle comptait les ouvrir tout grands sur la noce exagérée qu'elle découvrait.

Et, tout en suivant le sentier rocailleux qui conduisait à l'église, elle se prenait à regretter plus que jamais Paris et la rue de Grenelle. Là, dans le beau vieil hôtel entouré de murs énormes, Fred ne pouvait ni sortir, ni rentrer, sans passer sous l'œil du concierge, un ancien soldat, le premier ordonnance du colonel d'Audierne à sa sortie de Saint-Cyr.

Et puis, à Paris, le mois de Fred ne lui permettait pas de se livrer à de bien folles prodigalités. On payait son tailleur, ses gants, son linge, ses cannes, ses livres et tout ce dont il faisait envoyer la note à sa grand'mère, mais on ne lui donnait que cent francs pour ses menus plaisirs, fiacres, théâtres et café compris. A Pont-sur-Meurthe, ces mêmes cent francs suffisaient pour faire la « sale noce » que redoutait par-dessus tout madame d'Attigny.

Et Yvonne?... Yvonne aussi — pensait la comtesse — devait regretter Paris!... Elle ne disait rien, mais la grand'mère devinait l'ennui sous la bonne humeur affectée et l'égalité voulue du caractère.

Elle ne s'expliquait pas le préjugé de son petit-fils Antoine, qui croyait la vie de province favorable à la vertu des femmes. Elle trouvait, au contraire, avec son expérience de plus de soixante ans, que le désœuvrement dispose à l'infidélité.

Certes, elle ne croyait pas qu'Yvonne se laissât jamais conter sérieusement fleurette, mais elle jugeait le terrain merveilleusement préparé pour que la fleurette germât si elle y tombait. Et, une fois de plus, elle se répétait que les hommes les meilleurs manquent de tact, lorsqu'il s'agit de comprendre les femmes surtout. Son petit-fils était très gentil, très intelligent, et cultivé pour un homme du monde, mais dès que sa femme était en jeu, il se conduisait comme un serin.

Tout en songeant, la comtesse était arrivée à l'église et avait pris place dans son banc, où elle était seule avec quelques-uns des domestiques. Elle regretta l'absence de ses petits-enfants. Ils ne viendraient certainement pas à la grand'messe. Alors ils iraient à Pont-sur-Meurthe à onze heures. Elle détestait ça! Cette façon de « sécher » — pour parler comme Fred — la messe du village, heurtait toutes ses façons de voir.

Madame d'Attigny regardait machinalement les femmes qui entraient dans l'église. Comme il y en avait peu de jolies! Petites, trapues, presque toutes mal tournées, elles respiraient néanmoins la force et la santé.

Et celles qui souriaient, en se disant bonjour, montraient des dents superbes.

Tout à coup, madame d'Attigny devint attentive. Une grande fille, osseuse et lourde, s'avançait l'air niais, tendant le derrière en arrière et le cou en avant. Et cette démarche ridicule, jambes écartées et bras ballants, rappelait à la comtesse quelque chose de déjà vu.

Nul doute, c'était ça l'évadée de la chambre de Fred !... Sapristi !... il avait du courage !... Cette longue fille aux cheveux rares ; aux joues criblées de taches de son ; aux yeux perdus parmi des cascades de pochons ; aux dents grises ; aux oreilles écartées, lui semblait repoussante tout à fait.

Le sacristain allait et venait dans le chœur ; madame d'Attigny l'appela d'un signe.

— Qui est — demanda-t-elle — cette fille qui a l'air d'un vilain gas ?...

L'homme secoua la tête et souleva les épaules en répondant :

— Pas grand chose e'd'don, mame la comtesse... c'est core pus mauvais qu'ça n'est *peut* !... pis, alle a d'qui t'ni !... c'est la fille à la Piédou...

— Patatras !... — fit presque tout haut madame d'Attigny, tandis que le sacristain, qui déjà s'éloignait, revenait sur ses pas et s'arrêtait surpris, un pied en l'air.

IX

Le rallye était offert par les deux régiments de cavalerie aux habitants de Pont-sur-Meurthe.

Habituellement on alternait. Un dimanche la société de *Rallye-Lorraine* invitait les officiers de la garnison et les indigènes, et le dimanche suivant les régiments rendaient aux Pont-sur-Meurthais leur politesse.

Lorsque les Brias arrivèrent aux Cinq-Tranchées, le carrefour regorgeait déjà de voitures et de cavaliers. Antoine et Fred étaient à cheval avec Yvonne. Dans le landau, Suzette accompagnait madame de Lassy et ses filles.

Un homme d'écurie amenait la ponnette en marchant à pied à côté d'elle.

— Comment ?... — s'écria le colonel d'Audierne en apercevant sa filleule, assise d'un air bien sage sur la banquette du landau à côté de Jeanne de Lassy, tu n'es pas venue à cheval, petite paresseuse !...

Puis, remarquant la robe de toile rose et le petit canotier, traversé d'un ruban blanc, qui fixait de côté une touffe de roses naturelles, il s'étonna :

— Tu n'es pas habillée !... tu ne montes donc pas ?... Qu'est-ce qui arrive ?... tu es malade ?...

— Mais non !... — dit la petite de Lassy c'est nous qui sommes causes qu'elle ne monte pas !... Il n'y avait pas de chevaux pour nous... alors ma tante a décidé que Suzette nous accompagnerait...

— Elle a eu raison !... — affirma le colonel.

Il étendit le bras, montrant *Jeannette* qui grattait la terre et ne semblait pas d'humeur accommodante, et demanda :

— Alors, qu'est-ce que fait là ta ponnette avec ta selle ?...

— Je la prête à Elsa Gibaud !... qui va suivre dessus...

— Elle monte à cheval, la demoiselle aux lotus ?.,.

— Il paraît !...

— Je n'ai pas confiance !...

— Moi non plus !... — expliqua la petite — je n'ai pas confiance du tout !...

— Qu'est-ce que tu tiens donc sur tes genoux ?...

— Une bride... Jeannette est embouchée comme pour moi... mais si Elsa n'a pas de très bons bras, elle ne pourra pas la mener avec seulement le filet à anneaux...

Monsieur d'Audierne regarda la ponnette qui piaffait toujours et dit :

— C'est pas parce que c'est moi qui te l'ai donnée, mais elle a un rude chic, ta petite jument !...

Il s'interrompit, mis sa main en abat-jour

au-dessus de ses yeux et, fixant un point dans le lointain, dit d'un air hébété de surprise :

— Nom d'un sabre !... Adèle qui est à cheval !...

— Adèle ! — répéta Suzette ahurie aussi

— Adèle ?... vous ne vous trompez pas, oncle Georges ?...

— Fichtre non !... je ne me trompe pas !... Ben, il va avoir de l'agrément, Percier !...

— Ah !... — demanda Suzette en se levant pour apercevoir madame de Granpré — le général n'est pas là ?...

— Tu penses !...

Adèle arrivait, escortée du capitaine Percier et du colonel des dragons, un excellent homme, sorti du rang, vaguement baderne, mais juste et bon, adoré des hommes et même des officiers qui, tout en se moquant un peu de lui, rendaient justice à ses grandes qualités et admiraient son indépendance.

Le père Vervieux n'était rien moins que galant, il n'y avait aucune chance pour qu'il s'occupât d'Adèle. S'il arrivait avec elle, c'est qu'il l'avait rencontrée, là, tout de suite. Et ce qu'il allait la semer !...

— Seigneur ! — s'écria tout à coup le colonel — qu'est-ce que c'est que ça ?,...

Il indiquait un landau qui venait d'entrer dans le rond-point, et où se balançait quelque chose d'extraordinaire.

Au fond du landau il y avait deux femmes, mais il ne paraissait y avoir qu'un seul chapeau, un chapeau énorme et étonnant. Un feutre noir, autour duquel s'enroulait une plume verte qui finissait, pleurarde, sur le voile de gaz vert, qu'un vent assez fort dressait tout droit au-dessus de la voiture.

C'était Elsa Gibaud qui avait combiné, dans le silence, ce chapeau « d'amazone ». Près d'elle était sa mère, effacée et modeste comme toujours, et honnêtement vêtue d'une robe de soie noire et d'une capote, noire aussi, ornée d'un bouquet de violettes.

— Tiens !... — remarqua Fred — on a sorti la mère Gibaud !... c'est surprenant !...

C'était surprenant, en effet ! Mais Elsa avait décidé que sa mère irait au rallye et,

comme d'habitude, la brave femme avait obéi, stupéfaite, elle aussi, de l'honneur que lui faisait sa fille, tandis que monsieur Gibaud — moins bonasse et plus expérimenté — cherchait quelle pouvait bien être l'idée de derrière la tête d'Elsa.

L'idée était double. D'abord, il était arrivé aux oreilles de Mademoiselle Gibaud quelques propos où l'on s'étonnait de cette façon étrange de tenir en quarantaine une femme très bonne à montrer, et elle profitait de cette occasion pour la sortir et la faire voir au plus de monde possible.

Ensuite, Elsa n'était pas fâchée d'éblouir sa mère quelque peu par son talent d'écuyère.

Déjà, sur la vieille dame, son prestige était grand ! Cette fois, de lui voir franchir des obstacles sur un cheval brillant, elle resterait baba d'admiration jusqu'à la fin de ses jours.

Indifférent ou résigné — personne ne savait lequel des deux — le doyen, assis sur la banquette de devant avec Gottland, était en costume sombre et rigoureusement propre. Un chapeau de paille à larges bords couvrait ses cheveux blancs, de jolis cheveux, très courts et frisés, qui ressemblaient à de la soie floche.

Quant au jeune professeur, il semblait un personnage échappé d'un roman de Gustave Aymar. S'il eût dû passer des montagnes, ou traverser des forêts vierges, il ne se fût pas autrement accoutré. Il portait un costume de chasse des plus compliqués, et comme en portent ceux-là seuls qui n'ont jamais touché un fusil de leur vie. Ses guêtres de cuir, boutonnées, montaient plus haut que ses genoux. Un gigantesque Buffalo, posé sur l'oreille, les bords roulés, coiffait sa tête mal attachée sur un cou fléchissant. Et l'ampleur théâtrale du costume soulignait encore la maigreur étriquée des formes ; et les guêtres exagéraient la gracilité des jambes, qui ressemblaient aux pattes d'un poulet mal venu.

Le capitaine Percier regardait en riant

s'opérer la descente du landau. Alors Adèle le réprimanda. Elle apercevait bien le ridicule de ses amis, mais elle ne voulait pas qu'on le remarquât :

— Que voulez-vous!... — dit-elle aigrement — on ne peut pas demander à des gens purement intellectuels de ressembler à des gens purement de cheval...

— Je ne trouve pas qu'ils aient l'air d'intellectuels — répondait l'officier, qu'Adèle n'intimidait pas du tout — je trouve qu'ils ont l'air de montreurs de serpents...

En fait, le doyen et sa femme étaient absolument corrects et comme il faut. Mais il arrivait ce qui toujours arrive en pareil cas. On englobait dans une même moquerie ce qui était grotesque et ce qui ne l'était pas. Le vieux ménage, parfaitement honorable et sain, recevait les éclaboussures du ridicule et de la névrose d'Elsa.

La jeune fille était descendue de voiture, rejetant sur son bras la traîne de sa jupe, qui devait être immense à en juger par le long bout qui pendait. Du regard, elle cherchait la jument que l'homme d'écurie hésitait à lui conduire, se demandant « si c'était vraiment ça qui allait monter la ponnette à mademoiselle?... »

Suzette vit l'hésitation et, dégringolant du landau, accourut sa bride à la main et demanda :

— Voulez-vous qu'on vous mette une bride?...

— Est-ce qu'elle n'en a pas?... — répondit mademoiselle Gibaud, qui apercevait quelque chose dans la bouche de la jument.

Suzanne s'étonna de voir que la jeune fille ignorait la différence entre un filet et une bride, et expliqua :

— Mais non!... — elle n'a pas de bride... elle a un filet à anneaux... moi, je la monte toujours comme ça... mais elle tire un peu...

— Elle tire?... pourquoi faire tire-t-elle?...

— Dame!... pour s'en aller!

— Et, avec une bride... elle ne s'en va pas?...

— Elle est plus facile à tenir, naturellement! à condition d'avoir la main légère..., parce que, sans ça...

— Sans ça, quoi?...

— Sans ça, elle s'emballerait...

L'homme, qui tenait Jeannette, avait enlevé le filet. Suzette passa elle-même la bride, l'ajusta avec soin, la fit jouer, caressa la petite touffe de crins qui pendait sur le front de la ponnette et embrassa son nez rose en disant :

— Tu vas être bien sage, pas, Jeanneton?...

— Est-ce qu'elle est méchante?... — demanda mademoiselle Gibaud.

La petite de Brias se mit à rire :

— Méchante?... Jeannette!... ah! Dieu!... c'est un ange!... les enfants Plouaret l'ont montée avant qu'elle soit à moi...

Puis elle offrit :

— Voulez-vous que je vous mette à cheval?

— Merci!... — dit Elsa qui rêvait de poser son pied dans la main de Percier — merci!... vous ne seriez pas assez forte... Il faut un homme fort...

Le colonel d'Audierne qui passait entendit.

Il s'arrêta et dit avec son large rire heureux :

— On demande un homme fort!... voilà!...

Il s'approcha, joignit ses deux mains et s'inclina devant la jeune fille qui, très ennuyée, n'osa cependant pas refuser son pied.

Certes, ça ne valait pas Percier!... Mais le colonel d'Audierne avait un chic énorme, et était encore à cinquante ans, charmant... et garçon.

Elsa posa son pied droit dans les belles mains qui se tendaient. Le marquis le repoussa doucement en disant :

— Mais non!... pas celui-là!... l'autre...

Et comme la jeune fille prenait, pour s'enlever, la fourche du bas, Suzette à son tour s'écria :

— Pas celle-là!... celle du haut!...

Ses inquiétudes au sujet de la façon de monter de mademoiselle Gibaud augmentaient.

Elle avait dû monter rarement... ou bien il y avait très longtemps...

— Y êtes-vous?... — demanda monsieur d'Audierne, — à trois, vous vous enlèverez... Posez votre main sur mon épaule et ne craignez pas de peser... allons!... un!... deux!... trois!...

Elsa ne fit pas un mouvement, mais le colonel poussa, comme il poussait pour mettre à cheval ses nièces, ou n'importe quelle autre femme.

Alors on vit monter dans l'espace le misérable petit corps, qui s'allongea de toute la hauteur de la jupe, puis retomba de l'autre côté de la jument et à un mètre au moins d'elle.

Fred, debout à deux pas, comprit ce qui se passait lorsqu'il aperçut en l'air la demoiselle aux lotus. Lâchant son cheval, il se précipita à temps pour rattraper Elsa, et la reçut dans ses bras avant qu'elle n'eût touché terre.

— Que je vous demande pardon!... — murmurait d'Audierne consterné — j'ai poussé à peine... Tenez... nous allons nous y prendre autrement...

Il saisit à deux mains la taille de la jeune fille et, l'élevant au-dessus de la selle, l'y assit solidement. Puis il lui passa la jambe dans la fourche, arrangea l'étrier, et demanda :

— Vos rênes sont-elles ajustées?...

— Prenez garde au départ!... — cria Suzette — la ponnette a presque toujours une gaieté....

— Faut-il lâcher?... — demanda l'homme d'écurie qui tenait la tête de la Jeannette.

Avec une certaine appréhension, la jeune fille fit signe que oui, et la petite jument se trouva libre.

Tout de suite elle sentit qu'elle n'était pas tenue et allongea brusquement le cou, reniflant l'herbe, et tirant les rênes, qui filèrent au bout des doigts d'Elsa. Alors relevant le nez, elle fit un petit bond qui déplaça la jeune fille.

— Là!... voilà!... ça va être fini!... — dit la petite Brias qui connaissait bien les façons de faire de Jeannette — Elle va se calmer...

Mais, cette fois, les choses se présentaient différemment. Chatouillée par l'immense amazone que le vent lui plaquait entre les jambes, la ponnette, qui jamais n'avait même soupçonné les petites jupes courtes de Suzette et d'Yvonne, s'arrêta court, bossant du dos, écartant les jambes.

— ...'ttention — cria un des cochers de fiacre — alle va l'ver l'cul!...

Mademoiselle Gibaud n'entendit pas ce que disait le cocher, mais seulement l'éclat de rire provoqué par sa réflexion. Elle rougit sous son blanc, comprenant vaguement qu'on la trouvait ridicule, et qu'il était moins facile de monter brillamment à cheval qu'elle ne l'avait cru.

Le premier obstacle, une toute petite haie placée dans une des tranchées, lui apparut gigantesque, d'autant plus qu'elle s'imagina que la jument courait dessus. Follement, de toutes ses forces, elle se mit alors à tirer sur les rênes, en levant les mains, si bien que, pour la première fois de sa vie de six ans, la petite ponnette se cabra.

Suzette, effarée, avait couru vers les Gibaud, elle demanda :

— Est-ce qu'Elsa a monté souvent à cheval?...

— Jamais!... — répondit fièrement la bonne madame Gibaud — jamais!... c'est la première fois!...

Le doyen et sa femme étaient absolument paisibles. Inconscients du danger très réel que courait leur fille, ils trouvaient qu'elle avait tout à fait bonne tournure à cheval. Et madame Gibaud, plus enthousiaste que son mari, demanda à Suzette qui les regardait, saisie :

— N'est-ce pas qu'elle se tient bien?...

Gottland, plus perspicace, murmura :

— Je ne sais pas si elle se tient si bien qu' ça!...

Il était vexé des façons qu'avait avec lui la fille du doyen. Charmante, sentimentale, et férocement intellectuelle lorsqu'il était seul avec elle, ou même avec Justel et les autres professeurs... elle le lâchait sans façon pour devenir, avec les officiers — ces propres à rien, ces brutes qu'il exécrait — une femme de plein air. Aussi, ce qu'il se promettait de la lâcher à son tour, et sans phrases !

À son arrivée à Pont-sur-Meurthe, le jeune professeur avait pensé que la fille du doyen ne serait peut-être pas un mauvais parti. Elle était fille unique et les Gibaud, sans faire d'épate, paraissaient vivre largement. Alors, il avait beaucoup fréquenté la maison, et cela sans ennui, car il y rencontrait une âme vraiment sœur de la sienne. Pendant deux mois, Elsa et lui avaient, presque chaque jour, philosophé en Jaurès et communié en Dreyfus.

Mais un beau jour, Samuel Gottland — vaniteux comme un paon — avait été flatté d'être présenté par Justel dans quelques maisons de ce qu'on appelait à Pont-sur-Meurthe, « la première société ».

L'attention que lui avait tout de suite accordée Adèle le grisa, mais sans le surprendre le moins du monde.

Si fort qu'Adèle ou d'autres le gobassent, il se gobait plus encore et ne doutait de rien.

C'est pourquoi, comprenant que l'amour roucoulant, sentimental et très innocent de madame de Granpré ne pouvait en rien le servir, il avait, depuis deux jours, entrepris la conquête de Suzette de Brias.

Partout et toujours, il suivait la petite fille des yeux ; ces yeux qu'elle avait jadis appelé des « yeux de poisson cuit ».

D'abord obsédée de cette admiration voyante, elle y prenait goût peu à peu et sans même s'en apercevoir.

Déjà une fois, monsieur Samuel Gottland avait assisté à un rallye. Et il avait sincèrement admiré la façon dont Suzette montait à cheval. Sans rien connaître aux chevaux, lui non plus, il voyait pourtant que, solides, vigoureuses et crânes, la petite de Brias et sa ponnette ne faisaient qu'un. Tandis qu'il distinguait aujourd'hui que la ponnette et mademoiselle Gibaud faisaient deux très distinctement.

Et, chaque fois qu'il apercevait le paysage entre Elsa et la selle, il se réjouissait, espérant que la poseuse qui le lâchait avec tant de désinvolture allait s'étaler sous le nez de ses chers officiers, pour qui elle l'avait lâché !...

Cependant, Fred et monsieur de Brias avaient rejoint la jeune fille, et lui avaient enlevé la cravache de deux mètres avec laquelle elle cinglait involontairement la ponnette, qu'ils s'efforçaient de calmer de la parole et de la main. Les voitures s'étaient mises en route, le rallye commençait. Suzette, remontée en landau avec ses cousines, louchait, un peu inquiète, sur sa petite jument.

— Tu es préoccupée — dit madame de Lassy — tu as peur qu'il n'arrive quelque chose à cette demoiselle Gibaud ?..

— C'est surtout à Jeanneton que j'ai peur qu'il arrive quelque chose... — répondit la petite avec sincérité — Elsa, c'est son affaire... et puis, si elle tombe, elle ne se fera probablement pas grand mal... tandis que la ponnette qui s'affolera, ira peut-être se jeter contre un arbre, ou un mur, ou se casser les jambes dans n'importe quoi....

— Si tu lui conseillais de descendre de cheval et de remonter en voiture avec ses parents ?...

— Elle ne voudra pas... elle est bien trop contente... et ses parents aussi...

— Ils ne sont pas difficiles, les parents !...

— Non, mais ils sont exquis !... — dit Suzette qui comprenait le caractère simple et bon des Gibaud. Et, réfléchissant, elle ajouta :

— D'ailleurs, maintenant que Joseph est parti à pied pour attendre la ponnette au rendez-vous, si Elsa descendait, il n'y aurait plus personne pour la mener en main...

Un instant Tréon, qui avait vu Suzette se pencher pour voir ce que devenait sa jument, quitta la chasse et vint à la portière lui donner des nouvelles.

— La séparation de corps n'a pas encore eu lieu... grâce à madame de Brias qui ne lâche pas un instant, parce que c'est son cheval que la petite jument aime le mieux...

— Il n'y a pas eu d'obstacles ?...

— Si... deux haies... mais on a passé à côté, dans le taillis, et, d'ailleurs, vous allez voir ça. . Nous avons fait, pour que les voitures assistent au saut, deux jolis obstacles, une banquette et une prison...

— C'est vous qui avez fait les obstacles?...

— Oui... avec Châteauneuf... Nous sommes venus hier avec deux hommes de chaque régiment... et vous allez m'en dire des nouvelles...

— V'là les haies !... — cria le cocher qui était en tête, en levant son fouet.

Toutes les voitures s'arrêtèrent et l'on descendit.

Drôlette et vive madame Gacé, qui suivait en charrette avec son mari, accourut et dit à Suzette :

— Et moi qui m'étais coiffée de l'idée de suivre les rallyes à cheval !...

— Eh bien ?...

— Eh bien, la vue de l'Esthète Universitaire m'a ôté de la tête cette fantaisie... j'ai compris à quel point on peut être ridicule... Oh ! là là !...

La bonne grosse Louise de Blinville protesta :

— Mais il n'est pas donné à tout le monde de l'être à ce point-là !...

Madame de Blinville ne voulait pas que Louise « médît » des gens, quels qu'ils fussent. Elle chevauchait toujours cette unique idée : « marier sa fille ! » et redoutait tout ce qui, de façon directe ou détournée, pouvait nuire à son établissement.

Elle craignait toujours qu'un mot ne fût « rapporté » — comme elle disait, aux intéressés et leur fît prendre Louise en grippe.

La jeune fille, plantée au milieu de l'allée, bien assise sur ses solides hanches, était aussi simple et appétissante que son frère Hubert était malingre et prétentieux.

Elle tendit l'oreille, en campagnarde habituée à percevoir et à reconnaître les bruits les plus éloignés, et déclara :

— Voici la chasse !...

— Par où arrive-t-elle ? demanda monsieur Gibaud, qui se dégourdissait les jambes en compagnie de Gottland.

— Par ici !... — dit mademoiselle de Blinville en indiquant une poignée de papiers, au bord d'un chemin sous bois.

Le jeune professeur s'approcha de Suzette, qui se promenait avec ses cousines de Lassy, et demanda :

— Voulez-vous me faire l'honneur de me nommer à ces dames ?...

— Monsieur Samuel Gottland !... — dit la petite, le présentant, tandis que les jeunes filles regardaient, l'air ébahi, ce monsieur habillé comme Bas-de-Cuir.

Et Suzette — encore qu'elle acceptât fort bien les œillades que lui décochait le professeur — ne put s'empêcher de blaguer sa mise étrange. Elle indiqua, du bout de son petit doigt déganté, les hautes guêtres qui finissaient au milieu des cuisses, et demanda, l'air compatissant et gentil :

— Vous avez donc peur des serpents ?...

— Mon Dieu !... — fit aigrement Gottland, qui, plus Suisse que Français, manquait totalement d'esprit, et prenait au sérieux la question de Suzette — Mon Dieu, mademoiselle, je ne croyais pas que ce fût l'usage de se mettre en tenue de soirée pour suivre une chasse.

— Il est embêtant ton monsieur !... — dit Jeanne de Lassy à l'oreille de la petite de Brias.

C'était, au fond, l'avis de Suzette. Elle avait beau se battre les flancs pour se persuader que le Monsieur sur lequel elle produisait un tel effet était un monsieur très réussi, elle ne parvenait pas à se donner le change à elle-même.

— Voici les cavaliers! — annonça le doyen, tandis que la bonne madame Gibaud se précipitait hors du fiacre, où jusque-là elle était restée assise; afin de voir « sauter Elsa ». Et tout de suite, elle cria joyeuse :

— La voilà !... la voilà !...

Et conclut avec orgueil :

— C'est elle qui marche le plus vite !...

— Sapristi !... — fit Suzette contrariée — voilà Jeannette qui emballe sur la prison !.

La « prison » était formée de deux haies distantes de cinq mètres l'une de l'autre, closes, sur les côtés, par deux autres haies qui empêchaient de sortir une fois qu'on était entré dans l'obstacle.

Comme l'avait annoncé madame Gibaud, Elsa arrivait effectivement seule en tête du peloton des cavaliers. Derrière elle venaient monsieur et madame de Brias, qui semblaient inquiets, et le capitaine Percier, qui s'efforçait d'arriver à côté de la ponnette pour saisir les rênes.

Cramponnée à la bride, effroyablement ballottée, jetée à chaque foulée hors de la selle, la demoiselle aux lotus ne menait pas large pour l'instant. Quelle que fût son inconscience du danger, elle venait pourtant de l'apercevoir. Elle se disait : « Si elle saute, je tomberai. »

Mais la ponnette ne sauta pas. Capricieuse comme tous les chevaux livrés à eux-mêmes, la petite jument, qui avait couru sur l'obstacle à fond de train pour s'amuser, n'avait jamais eu l'intention de le franchir. Arrivée devant la première haie, elle s'arrêta court, les jambes écartées, s'écrasant en étoile tout près du sol, dans un de ces mouvements qui déplacent les cavaliers les plus solides.

A l'instant même, mademoiselle Gibaud se détacha de la selle, passa par-dessus la tête de la ponnette et, décrivant une longue courbe, s'en fut tomber sur le ventre entre les deux haies, tandis que son interminable jupe se déroulait en spirale et restait accrochée sur les balais de l'obstacle.

Elle n'avait aucun mal, mais profondément vexée de sa chute elle restait le nez dans la mousse, ne bougeant pas, sans aucun souci des cris perçants que poussait madame Gibaud, ni de l'angoisse du pauvre doyen qui, tremblant sur ses jambes, s'efforçait vainement de passer la haie qui le séparait de sa fille.

Le capitaine Percier et Fred s'occupaient de ramasser la demoiselle aux lotus.

— Elle n'a rien du tout !... — s'écria le petit Brias, qui s'y connaissait en chutes.

— Pas la moindre des choses !... — affirma Percier, qui avait surpris un coup d'œil glissé de la jeune fille.

Toutes les femmes arrivaient, offrant des flacons. Un officier galopait comme un perdu, pour rattraper la cantinière qui avait du champagne dans sa voiture.

Et mademoiselle Gibaud, assise contre le talus de la route, entre son père et sa mère qui pleuraient, promenait un regard mourant sur les gens empressés autour d'elle. Un regard si mourant et si peu naturel, que le colonel d'Audierne murmura en remontant à cheval :

— Sacrée poseuse, va !...

A présent, monsieur Samuel Gottland en voulait à Elsa de sa chute, qui, troublant sa causerie, l'avait séparé de Suzette et des petites de Lassy. Il pestait contre elle depuis cinq minutes, mais la réflexion le vexa. Ce militaire, cette brute, se permettait de juger cette Intellectuelle soucieuse de la Vérité !... Il se tourna à demi vers le colonel et jeta, par-dessus l'épaule :

— Ignoble soudard !...

Mais, bien vite, il prit un air indifférent et s'éloigna de son pas le plus rapide, en voyant que monsieur d'Audierne amenait son cheval droit sur lui.

— Qu'est-ce que vous avez dit, Monsieur ?... — demanda le colonel d'une voix qui terrifia Gottland — répétez un peu ce que vous avez dit, je vous prie ?...

Et comme le jeune homme se taisait, s'efforçant de faire celui qui ne comprend pas, il lui saisit l'oreille solidement, et la lui secoua de toutes ses forces, à l'arracher, en disant :

— Ben, si vous ne voulez pas répéter, vous allez toujours demander pardon !... Allons ! vite !... et de bon cœur !...

— Assez !... assez !... mon oncle !... — s'écria madame de Brias en s'élançant vers lui. Puis, comme Gottland se sauvait, rentrant son cou dans ses épaules, et lançant à monsieur d'Audierne un regard haineux, elle demanda :

— Qu'est-ce qu'il y a donc, Seigneur ?...

— Rien... pas de quoi fouetter un chat !... un petit monsieur qui a besoin d'apprendre à vivre, et à qui je viens de donner une leçon... Un point, c'est tout !...

Il se retourna, cherchant quelqu'un et demanda :

— Où donc est passée Suzette ?...

— Elle court après Jeanneton... — répondit Fred qui arrivait.

— Mais elle ne la rattrapera jamais !...

— Que si !... Si on avait couru après elle à cheval, elle aurait fichu le camp et serait rentrée à l'écurie... mais à pied, Suzette s'en approchera et saura très bien la reprendre... j'irais bien au-devant d'elle, si je savais de quel côté elle est partie...

Au même instant Suzette, rouge comme un petit coq, apparut sortant du taillis, et traînant derrière elle la ponnette. Et elle riait, en racontant :

— J'ai eu une peur bleue !... elle courait sous bois... et puis, quand je voulais approcher, elle courait un peu plus loin en me narguant... Elle m'en a donné, un mal !...

— Qu'est-ce qu'on va en faire ?... — demanda Yvonne.

— Dame !... je vais monter dessus !...

— C'est ce qu'il y a de mieux !... — dit monsieur de Brias — et tu feras bien de lui faire sauter, séance tenante, l'obstacle qu'elle a refusé... Sans ça, n-i ni, c'est fini, elle ne sautera plus !...

— J'y pensais justement !... — fit Suzette.

— Veux-tu que je te mette à cheval ?... — proposa le colonel. Et il acheva en riant :

— A moins que tu ne redoutes le sort de ton amie, tout à l'heure ?...

— Non !... seulement, attendez !... avant de monter, faut que j'ôte mon jupon !... ça me ferait des plis !...

Elle glissa une main sous sa jupe de toile rose à fleurettes, détacha une agrafe, et un petit jupon léger et écumeux vint se coucher en rond autour de ses pieds. Elle le ramassa et en fit un bouchon qu'elle courut mettre dans la voiture, tandis que le colonel disait en riant :

— A la bonne heure !... tu ne fais pas de façons !... Où il y a de la gêne...

Suzette revenait vers la jument, portant le filet qu'elle lui remit au lieu de la bride, en bafouillant, toute rouge :

— Ben, j'ai gaffé, quoi !...

— Embrasse-moi pour la peine !... — dit le colonel.

Elle tendit son petit museau. Puis, quand son parrain l'eut mise à cheval, elle regarda sa jupe rose, qui tombait aussi bas qu'une amazone et dit :

— Si les genoux étaient marqués, ça serait très bien !...

Elle était délicieuse, toute rose, avec son petit chapeau couronné de roses aussi.

Elle mena sur l'obstacle Jeannette, qui essaya de dérober. Et, sans bâton, sans cravache, en la tenant seulement des mains et de la jambe, elle parvint à faire sauter la ponnette qui rétivait.

— Vous nous avez fait une peur, ma chère petite !... — disait madame de Granpré à Elsa — j'ai cru que votre jupe allait rester accrochée à la selle... Pourquoi donc cette si longue jupe ?... et ce long voile, et toutes ces choses encombrantes ?...

— Parce que — répondit mademoiselle Gibaud avec autorité — plus il y a de choses voltigeantes lorsque l'on est à cheval, plus c'est joli !...

Ce fut au Moulin des Œillettes que l'on prit la bête, un lieutenant du régiment du colonel Vervieux.

Pendant le goûter, Gottland ne quitta pas Suzette, qui commençait à prendre goût à cette cour bizarre.

Madame d'Attigny l'avait chargée de recruter des danseurs pour le soir. Elle voulait avoir, à son bal, une proportion de trois hommes par danseuse. Suzette l'expliqua à son parrain :

— Il m'en manque encore !... Grand'mère ne sera pas contente... je vais demander au colonel Vervieux de nous en envoyer au moins dix...

— Tu vas laisser Vervieux libre de vous envoyer qui il voudra ?... — demanda le colonel d'Audierne, effaré.

— Mais dame !... puisqu'il nous manque du monde...

— C'est égal !... ne fais pas ça !... il vous

enverra les plus anciens de chaque grade... ça sera du joli!...

Il suivit des yeux Suzette qui s'éloignait en riant. Et son regard alla à son autre nièce, à Yvonne de Brias, dont l'attitude le tracassait.

Pensive, séparée de son mari — qui aidait les officiers à servir le goûter — isolée du reste de la foule, elle semblait s'ennuyer profondément et s'absorber dans une lourde rêverie.

Comme il l'appelait et qu'elle n'entendait pas, il frappa brusquement dans ses mains pour la tirer de sa rêverie

Elle le regarda d'un œil vague et indifférent. Alors, il demanda, pour dire quelque chose :

— A quoi penses-tu?...

Et Yvonne répondit sérieuse :

— Je pense au beau Chevalier de la légende... au Chevalier qu'on attend toujours... et qui ne vient jamais...

Il répliqua, voulant plaisanter :

— Espérons-le, qu'il ne viendra jamais?...

Elle reprit, en riant aussi :

— Espérons qu'il viendra, au contraire, égayer un peu le paysage... qui en a tant besoin !...

— Elle s'embête!... — conclut d'Audierne à part lui — c'est bien ce que je pensais!... elle s'embête à crever!...

Comme il faisait cette réflexion, une haute silhouette se dressa derrière Yvonne, et une voix chaude et bien timbrée prononça :

— Mon colonel, j'ai l'honneur de vous présenter mes hommages... et de venir faire mes vingt-huit jours dans votre régiment...

Madame de Brias était devenue d'abord très pâle, puis cramoisie.

Elle se retourna vers le jeune homme qui venait de parler et dit, tandis qu'une réelle émotion contractait son joli visage :

— Vous m'avez fait peur, Monsieur d'Achères!... Depuis quand êtes-vous donc là?...

— Depuis une minute, Madame!... En arrivant à l'hôtel de France, j'ai appris qu'il y avait un rallye, avec l'hallali aux Œillettes, alors j'ai sauté dans un fiacre et je suis accouru...

Le colonel d'Audierne s'éloignait, appelé par Suzette. Alors il acheva, en baisant le poignet de la jeune femme :

— Pour vous voir un peu plus tôt !...

X

Madame d'Attigny fit la grimace, en voyant Achères entrer dans le salon le soir du bal.

Elle se souvenait qu'il avait provoqué la crise de jalousie cause du départ, et elle lui en gardait une rancune méfiante, redoutant que, de lui encore, ne vinssent de nouveaux tracas.

Mais l'attitude de son petit-fils la rassura pleinement. Antoine semblait ne plus même se souvenir que ce grand beau garçon, qui ressemblait — trouvait la comtesse — à un Gaulois de Luminais, avait jadis fait la cour à Yvonne.

Il amena lui-même à sa grand'mère « le revenant » rencontré dans la journée, et qu'on allait avoir « la veine de garder pendant un mois »! Et à la fin de la soirée, madame d'Attigny aperçut Achères qui dansait le cotillon avec Yvonne, sans qu'Antoine en parût nullement tourmenté ou mécontent.

Elle avait remarqué que la jeune femme qui, à Paris, se souciait d'Achères comme d'une guigne, semblait, ce soir-là, écouter avec plaisir les douces choses qu'il lui murmurait à l'oreille, autant qu'elle en pouvait juger de loin, et sans avoir l'air d'épier les faits et gestes de sa petite-fille.

Elle avait remarqué aussi, et cela avec une sorte de peine, que tandis qu'Achères était — comme l'année précédente — mince et droit comme un jonc, Antoine s'était — durant cette même année — considérablement alourdi.

A lui seul, « la paix des champs » profitait. Cela, c'était incontestable. Elle lui donnait cette tranquillité, cette quiétude absolue, que jamais il n'avait connues à Paris

Sa politique et son élevage l'absorbaient, il s'occupait moins de sa femme. Et puis, il n'imaginait pas qu'Yvonne pût — parmi les indigènes — rencontrer quelqu'un d'assez séduisant pour lui tourner la tête ou lui prendre le cœur.

La Comtesse ressassait toutes ces choses un matin, en se promenant dans le parc. Et, précisément, elle rencontra son petit-fils qui venait de jeter un coup d'œil à ses poulains.

— Tiens !... tu es là... — fit madame d'Attigny, surprise — je croyais qu'Yvonne était sortie à cheval ?...

— Oui... je le crois aussi !... — répondit Antoine d'un air affairé.

— Mais Suzette n'est pas montée ce matin... et Fred est à Pont-sur-Meurthe... elle est donc sortie seule ?...

— Probablement...

— Je vois avec plaisir que tu t'amendes... crois-tu qu'il y a un an tu l'aurais laissée se promener en paix sans lui faire des scènes, cette pauvre Yvonne ?...

— Eh ! oui !... je l'assommais !... C'est que, voyez-vous, grand'mère, j'étais très malheureux... je soupçonnais tout le monde, à Paris...

— Tandis qu'ici, tu ne soupçonnes personne ?...

— Ma foi, non !... Ce n'est pas Justel, ni Blinville, ni le petit Tréon, ni le père Granpré, ni le grand Percier, ni le mélancolique Gottland, qui vont s'attaquer à Yvonne, n'est-ce pas ?... non plus qu'Achères, qui n'est là que pour ses vingt-huit jours...

— Quand je pense — fit la comtesse avec regret — que c'est lui qui a été la cause de notre départ de Paris !...

— C'est pourtant vrai !... Que voulez-vous... j'étais idiot !... je me faisais de la bile à propos de tout...

— Tu veux dire à propos de rien ?...

— Oui... vous avez raison... à propos de rien !... C'est égal !... ce que je suis heureux ici, en comparaison...

— Et Yvonne ?... Crois-tu qu'elle soit si heureuse que ça ?...

— Mais, oui, pourquoi pas !... Vous a-t-elle dit quelque chose ?... — demanda Brias, devenu soudain inquiet.

moi qui, étant un peu moins égoïste que toi, me demande parfois si le séjour d'Attigny sera profitable à autre chose qu'à ta jalousie...

— Mais, grand'mère...

— Oh ! il n'y a pas de « Mais, grand'mère ! »... je ne sais pas si, à Paris, Fred ne ferait pas moins de bêtises, si Yvonne ne serait pas plus gaie, et Suzette moins à la merci du premier grotesque venu...

— Comment ?...

— Eh ! oui !... tu ne vois donc pas que ce cuistre de Gottland lui fait les yeux doux ?... et qu'elle le laisse faire... et qu'elle écoute ses tirades sur la Vérité avec un grand V, les erreurs Judiciaires avec un grand J... l'égalité des Races, et cætera pantoufle !...

— Suzette ?... ça n'est pas possible !...

— Tout est possible !... Hier, elle m'a demandé si je « n'espérais pas » que le conseil de guerre de Rennes allait acquitter ?...

— Ah !... c'est vrai !... le conseil de guerre... c'est bientôt !...

— Oui !... n'es-tu pas frappé comme moi de l'indifférence de ton frère ?...

— Son indifférence ?... ça dépend..

— Je te parle de l'Affaire et non des cocottes...

— Ah !... bon !... parce que... A propos !... je sais ce que vous vouliez savoir ?... c'est vrai que Fred va chez la Grenouille Bienfaisante...

— Comment l'as-tu su ?...

— En allant moi-même le demander...

— Tu es allé chez la Grenouille Bienfaisante ?... toi ?...

— Dame !... c'est vous qui m'y avez envoyé...

— Moi !... ah ! c'est complet !... j'envoie chez des cocottes, à cette heure !...

— Mais, grand'mère, rappelez-vous ?... vous m'avez dit de savoir... ce que faisait Fred... que c'était mon affaire !...

— Oui... mais je ne pensais pas que tu

drais pour ça chez la Grenouille Bienfaisante !... Ah !... non !...

— Enfin, grand'mère, je ne pouvais pourtant pas y envoyer mon oncle d'Audierne... Tenez, le voilà !...

— Ton oncle ?

— Non, Fred...

Fred arrivait effectivement dans l'avenue. Il dit :

— Voulez-vous les journaux ?... je suis allé les prendre à la gare...

Madame d'Attigny demanda :

— Eh bien ?... quelles nouvelles ?...

— Quelles nouvelles ?... ah !... dame !... je ne sais pas !...

— Comment !... — fit la comtesse stupéfaite — comment, tu as un paquet de journaux à ta disposition et l'idée ne te vient pas de savoir...

— Quoi ?...

— Des nouvelles du procès de Rennes, naturellement !...

Fred éleva ses bras au-dessus de sa tête :

— Ah ! non !... Ah ! zut !...

— Je te ferai observer que c'est à moi que tu parles... — dit Madame d'Attigny, que cette veulerie et ce désintéressement de toutes choses énervaient considérablement.

Fred se tourna vers sa grand'mère et dit, gentil :

— Pardon, grand'mère !... Mais, voyez-vous, nous ne sentons pas de la même façon...

— Ah ! fichtre non !...

Le petit bonhomme tendit le paquet des journaux à son frère.

— Veux-tu les prendre, si grand'mère est pressée d'avoir des nouvelles ?...

Madame d'Attigny dit encore :

— C'est toi qui devrais être pressé d'en avoir... à ton âge, moi, j'aurais sauté sur des nouvelles...

Fred répondit, très calme :

— Nous n'avons pas le même tempérament !...

Il fouillait dans sa poche, semblant chercher quelque chose qu'il ne trouvait pas. La Comtesse demanda :

— Qu'est-ce donc que tu cherches comme ça ?...

— Une lettre... une lettre pour vous... de monsieur Justel... je l'ai bien sûr perdue...

— Ça ne m'étonne pas !...

— C'était pour vous demander de me laisser aller à la conférence de Verteuil... Verteuil, le professeur d'histoire...

— Quand ça ?...

— Aujourd'hui... aujourd'hui à une heure...

— Justel n'avait pas besoin de m'écrire pour ça... tu ne me demandes pas, habituellement de permission pour sortir !... il n'y a pas autre chose dans sa lettre ?...

— Non... je ne pense pas !... il vous expliquait que ça commence de bonne heure... et que, à cause de ça, il m'invitait à déjeuner...

— Ce matin ?...

— ...'turellement, c'matin !...

— Alors, tu retournes à Pont-sur-Meurthe ?...

— Illico !... si j'avais pas eu peur de vous inquiéter, je ne serais pas revenu ici !...

— Tu sais que je ne veux pas que tu manques les repas sans prévenir...

— C'est bien pour ça que je suis revenu, sans ça !... Adieu grand'mère !... à tantôt !...

— Où vas-tu donc ?... — demanda Antoine, voyant qu'il partait en courant vers le château.

— Me changer !... — cria Fred sans se retourner.

Dix minutes après, la grand'mère et le petit-fils, qui avaient continué leur promenade jusqu'à la Meurthe, aperçurent Fred qui filait à fond de train dans sa petite charrette anglaise.

Antoine de Brias le regarda passer, et dit en clignant de l'œil, cherchant à voir à distance :

— Mâtin !... il a l'air de s'être fait bien beau !...

Il souriait. La Comtesse demanda :

— Tu n'y crois pas, toi, à la conférence ?...

— Oh ! si !... seulement je suppose qu'après, il se donnera de l'air du côté de la rue du Duc René...

C'est là que demeure la Grenouille?...

— Oui... en face des Granpré...

Un vieux banc de pierre moussu était à la lisière du parc, au bord de l'eau. Antoine proposa :

— Voulez-vous vous asseoir un instant pour voir les dernières nouvelles, grand'mère?...

— Oui... bien volontiers...

Au loin, on entendait des rames battre l'eau régulièrement.

La rivière à cet endroit formait une boucle, et les bords plantés de peupliers et de saules cachaient l'eau.

Brias avait déplié *L'Éclair* et commençait à lire, lorsque, tout à coup, madame d'Attigny, regardant le bateau qui approchait, s'écria :

— Eh !... c'est Justel !...

— Lui-même !... — dit Antoine, en abaissant son journal.

Le professeur les avait vus et ramait vers la rive. Il canotait volontiers, et son bateau était en pension chez le meunier d'Attigny. Il avançait rapidement, fendant l'eau à grands coups vigoureux et admirablement réguliers.

Il aborda, attacha la yole à un saule, et sauta sur la berge.

— Vous allez déjeuner avec nous?... — demanda la Comtesse — il va être midi...

— Vous voulez bien de moi dans ce costume-là?...

Un jersey de laine blanche moulait son grand corps dégingandé mais solide, et dessinait ses longs bras bien musclés. Il regarda son costume d'un air navré, et expliqua avec regret :

— Je n'ai même pas ma veste !... elle est restée au moulin...

— Qu'est-ce que ça fait?... — dit madame d'Attigny — nous sommes habitués à ces costumes-là avec Antoine et Fred...

Et tout à coup, se souvenant, elle s'écria :

— Mais Fred, au fait?... il ne déjeune donc pas avec vous?...

— Avec moi, Madame, — fit le bon Justel flairant une complicité ignorée, et ne voulant ni trahir son petit élève, ni rouler sa grand'mère — mais, en vérité...

— Enfin, l'avez-vous, oui ou non, invité à déjeuner ce matin?...

Le professeur murmura, décontenancé :

— Si... si j'ai invité Fred à déjeuner... pour aujourd'hui... je... je l'ai oublié... je suis désolé... véritablement désolé...

Et voyant Antoine qui riait, il se décontenança tout à fait, répétant :

— Je l'ai oublié... totalement oublié...

— Vous bafouillez, mon pauvre ami, dit la Comtesse, qui ne pouvait pas non plus s'empêcher de rire de la mine effarée de Justel — si vous aviez rencontré Fred ce matin, comme il nous l'a dit, et que vous l'ayez invité, vous vous en souviendriez... du moins, je l'espère... parce que... sans ça...

— Je serais gaga !... oui parfaitement !... mon Dieu, je ne voudrais pas vous laisser croire que je suis — sciemment — le complice de Fred... et, d'autre part, je me rends compte, d'après ce que vous venez de me dire que, parfois, je dois avoir bon dos...

— Il est désolant, ce Fred !... — dit madame d'Attigny, convaincue.

Antoine expliqua :

— Grand'mère s'exagère un peu l'importance des frasques de Fred... il est certain que depuis que nous sommes ici, il tire quelques bordées...

— C'est si tentant... et si facile !... les... demoiselles de Pont-sur-Meurthe sont en général jolies, élégantes, pas ennuyeuses...

Voyant que la Comtesse le regardait avec étonnement, monsieur Justel protesta :

— Oh !... moi !... j'en parle de chic, vous savez?... Mais enfin, je suis vaguement au courant de bien des choses... ces dames ont pas mal de temps à tuer... Fred est gentil, drôlichon...

— Oui... mais il n'a pas d'argent !...

— Pas d'argent?... mais vous lui donnez cent francs par mois, Madame !... — fit le bon Justel avec respect — cent francs !... pas d'argent !...

— Ah !... il vous a raconté combien je lui donne?... ça m'étonne ça !... je croyais qu'il voudrait faire croire qu'il dispose de fonds plus considérables...

— Non, du tout!... il m'a dit ça un jour, tout à fait gentiment... Comme il me faisait remarquer que mon pantalon avait une forte frange, et que je lui répondais qu'il me fallait attendre — pour le remplacer — que j'eusse touché mes appointements... il m'a offert spontanément de me prêter de quoi en acheter une autre, en disant : « — Ne vous gênez pas... je ne suis pas riche... Grand'mère ne me donne que cent francs... mais je peux toujours prêter quelques petits patars à un ami... »

Et le bon Justel ajouta, presque ému :

— C'était vraiment gentil de sa part de m'offrir ça... car, précisément, dans la journée... il est allé acheter un verre de Daum, et je...

La Comtesse dit, plus attendrie qu'elle ne voulait le paraître :

— Alors... il offre comme ça des petits bibelots?...

— Ou du gibier... ou des fleurs... les fleurs d'Attigny sont superbes!...

— Les fleurs d'Attigny!... mais vous m'ouvrez un horizon, Monsieur Justel!... c'est donc parce que Fred rafle tout, que j'accable de reproches le jardinier, en lui disant que cette année il n'y a rien!... Ah!... par exemple!... il en a, un aplomb!...

— Voilà!... j'ai gaffé!... — dit le professeur très ennuyé.

— Mais non!... — affirma Antoine de Brias — grand'mère comprend très bien que si Fred est encore un gamin, ce n'est plus un gosse... et qu'il faut que jeunesse se passe...

Madame d'Attigny protesta :

— Mais il est beaucoup trop jeune!...

— Pas du tout!... vous répétez tout le temps que vous espérez qu'il se mariera de bonne heure?...

— Naturellement!... il ne sera bon à rien!...

— Eh bien, aviez-vous l'intention de l'amener au mariage en le gardant chaste comme un lis?...

— Tu dis des bêtises, mon garçon!... jamais cette idée saugrenue n'a poussé dans ma vieille tête, tu penses bien...

— Alors?...

— Alors... il ne semble pas que le rêve ce soit des Grenouilles Bienfaisantes...

Et, en elle-même, elle acheva :

— Non plus que le canard qui a sauté par la fenêtre un dimanche matin...

— Mon Dieu!... — fit Justel — tous les jeunes gens en font autant...

— Allons donc!... — s'écria la comtesse — je suis sûr que vous, à cet âge-là, vous ne...

— Moi, madame ?... à cet âge-là, il y avait beau temps que je... Vous pensez bien que je n'ai pas eu des bonnes... des domestiques... ou des abbés sur les talons jusqu'à seize ans, moi!...

— Grand'mère, — dit Antoine — il faut vous faire une raison!... Ah!... voilà Yvonne!...

La jeune femme les rejoignait au galop. Jamais, depuis longtemps, elle n'avait été aussi éblouissamment jolie que ce matin-là. Elle avait repris son beau sourire heureux. Ses yeux brillaient. Sa peau retrouvait son ancien éclat. Il s'échappait d'elle un parfum frais :

Antoine dit, tout heureux :

— Que tu es jolie ce matin, ma chérie!.. tu as fait une bonne promenade?...

— Excellente...

Évidemment, quelque chose s'était produit durant cette promenade, qui semblait avoir rendu à Yvonne, et les couleurs effacées, et le ressort perdu. Madame d'Attigny le devina tout de suite et pensa, en regardant sa petite fille épanouie.

— Antoine est un serin!...

A l'instant où ils arrivaient au perron, Suzette y arrivait également, bien pomponnée, avec une robe toute fraîche, un chapeau correct, et une ombrelle, ce qui surprit sa grand'mère, parce que jamais elle ne prenait d'ombrelle dans le parc. Elle aussi rayonnait d'une vie intense. Mme d'Attigny demanda :

— D'où viens-tu donc si belle queça?...

Elle répondit délibérément :

— De Pont-sur-Meurthe... j'avais à acheter un sécateur et des cartons pour mes menus... e n'en avais plus un seul...

— Ah ! — fit la grand'mère contrariée. Mais elle ne laissa pas voir son mécontentement, et dit seulement :

— J'avais aussi des commissions à faire... Une autre fois, tu n'iras pas à Pont-sur-Meurthe sans m'en avertir...

Suzette répondit, le ton rogue et l'air maussade :

— Bien, grand'mère !...

Suzette grinchue !... Ça ne s'était jamais vu ! Madame d'Attigny la regarda avec étonnement et pensa :

Allons, bon !... par là aussi, il y a du nouveau !...

XI

Madame de Brias était venue à Pont-sur-Meurthe pour faire des courses.

Tout l'après-midi, elle avait trotté par la ville, revenant vingt fois sur ses pas, passant et repassant devant le café où se réunissaient les officiers et les gens chics de la ville, s'apercevant dans les hautes glaces des magasins et se voyant bien jolie. Et jolie pour qui ?... Son mari avait à présent mille occupations où elle n'avait pas sa place. Alors quoi ?....

Elle ne s'avouait pas que ses marches et contremarches à travers la ville chaude, sous le soleil brûlant d'août, n'avaient d'autre but que de rencontrer Achères.

Depuis la promenade qu'ils avaient faite ensemble quelques jours auparavant dans la forêt, elle n'était pas restée une minute sans penser à lui.

Ce matin-là, elle l'avait rencontré — croyait-elle — par hasard. Elle ne se doutait pas des prodiges d'astuce déployés, au contraire, pour la rejoindre.

Lui ayant entendu dire qu'elle montait à cheval absolument tous les matins — quel que fût le temps — il s'était ingénié à empêcher que personne, ce jour-là, n'y fût monter avec elle.

Un rendez-vous donné à Brias par un officier qui voulait lui acheter un cheval, l'avait forcé à se trouver aux herbages à dix heures.

Un déjeuner de crémaillère chez la Grenouille Bienfaisante, organisé par les soins d'Achère, devait retenir Fred en ville pendant une partie de la matinée et de l'après-midi.

Enfin, il avait suggéré à Elsa Gibaud d'emmener Suzette visiter le musée Lorrain en compagnie de Gottland et du père Cibaud.

Et à neuf heures — l'heure où il savait que sortait Yvonne — Achères, caché dans les arbres du bord de l'eau, avait guetté sa venue, puis l'avait suivie de loin jusqu'à Champigneulles et rejointe à la Belle-Fontaine seulement.

Et sa surprise fut si bien jouée que madame de Brias ne soupçonna pas la ruse, mais se laissa prendre au charme du jeune homme, à qui l'uniforme allait très bien et donnait encore plus de ressemblance avec le chevalier de la Légende.

Pendant deux heures, ils cheminèrent sous bois, disant des riens, se regardant à la dérobée, heureux sans savoir pourquoi.

Achères, qui craignait d'effaroucher madame de Brias, ne se permit aucune allusion directe à son espoir. Et Yvonne, rayonnante, sans s'expliquer la cause de ce rayonnement, ne comprit pas qu'elle allait aimer Achères.

Mais elle rentra le cœur léger, l'âme dilatée, avec tant de bonheur s'exhalant de toute sa jolie personne, que madame d'Attigny devina que quelque chose de nouveau était venu dans la vie de sa petite-fille.

Depuis Yvonne elle n'avait revu Achères qu'une fois à un dîner chez les Granpré. Et elle pensait avec chagrin que le temps marchait rapide, et que la période des réservistes se terminerait sans qu'elle pût de nouveau passer de bonnes heures près de lui.

En voyant finir la journée, elle se résigna

à rentrer à contre-cœur, ennuyée de retrouver sa grand'mère, Suzette, Fred, et surtout son mari. Et, pour allonger sa route, elle eut l'idée de revenir en longeant le canal et la rivière.

Pour atteindre le canal, il lui fallait traverser la Futaie. Il était six heures. La belle promenade était déserte. Il y avait eu à quatre heures, la musique militaire de l'un des régiments d'infanterie, mais tous le monde avait disparu. A Pont-sur-Meurthe, beaucoup de gens dînent encore à sept heures.

Elle prit la grande allée du milieu et la descendit assez vite, marchant vers la grille qui mène au canal.

Elle se sentait lasse et triste, mécontente des autres et d'elle-même; écœurée de la monotomie de sa vie, de ce manque absolu des distractions auxquelles elle était accoutumée à Paris et que rien ne remplaçait à la campagne. Et, tout à coup, une voix qui la fit rougir murmura tout près d'elle :

— Où donc courez-vous si vite ?... on dirait que vous vous sauvez ?...

La voix d'Achères ne l'avait pas surprise. Il semblait qu'elle l'eût attendue. Elle ne songea même pas à jouer un étonnement qu'elle n'éprouvait point. Elle dit, douce et abandonnée :

— Ah !... c'est vous !...

— Ça ne vous ennuie pas de me voir ?...

Elle répondit, sincère :

— Ça me fait bien plaisir !...

Achères s'arrêta brusquement, et, gardant la petite main chaude d'Yvonne dans ses mains, devenues glacées, il lui dit, le visage dur et la voix grave :

— Je vous aime !... aimez-moi, voulez-vous ?...

Elle fit un mouvement pour retirer sa main, regardant autour d'elle avec inquiétude.

Alors il dit, montrant la solitude verte et silencieuse, où eux seuls semblaient vivre.

— Qui voulez-vous qui nous voie, mon Yvonne chérie !... c'est le désert, mon amour !...

Maintenant ?... elle résistait. L'étreinte d'Achères lui brisait la main. Elle avait peur. Elle se disait qu'elle était folle de permettre qu'il lui parlât de la sorte; de l'écouter; de lui laisser croire qu'elle l'aimait.

Et pourtant, elle éprouvait à le sentir près d'elle une sensation douce et profonde, vraiment exquise. Elle se demandait, angoissée, si elle pourrait secouer la torpeur qui l'envahissait. A la fin, elle murmura :

— Laissez-moi !... allez-vous en !...

Il répondit, l'air désolé, en regardant sa montre.

— Sapristi, oui !... il faut que je m'en aille !... je dîne chez le colonel à sept heures...

— Ah !... — fit-elle, chagrine et soulagée à la fois.

— Où ?... et quand vous reverrai-je ?...

— Je ne sais pas !...

— Mais si... vous pouvez bien me fixer un rendez-vous... dépêchons-nous ? Vous savez que votre oncle ne badine pas avec l'exactitude... Voyons ?... où ?... quand ?... à cheval, voulez-vous ?... le matin... dans la forêt?...

— Non... Antoine monte... ou bien Suzette...

— Alors, ici ?...

— Mais non !... si on nous voyait deux fois ensemble, grand'mère recevrait une lettre anonyme dans les vingt-quatre heures...

— Alors, où ?... dites... dites?...

— Mais je ne sais pas, moi !... il faudrait un endroit où l'on puisse se rencontrer sans que cela semble extraordinaire... un endroit...

Illuminé il cria :

— Eh parbleu !... au musée !... c'est indiqué !... il y a bien un musée à Pont-sur-Meurthe ?...

— Il y en a deux...

— Où sont-ils ?...

— L'un est dans la rue Vieille, l'autre sur la place Ducale, à l'Hôtel-de-Ville...

— Alors, demain à l'Hôtel-de-Ville, à deux heures ?...

— Non... demain je ne peux pas !...

— Après-demain, alors ?...

— Oui... après-demain...

— Qu'est-ce que vous avez ?...

— Rien !... — dit madame de Brias, qui avait fait un mouvement en voyant un promeneur sortir d'une des allées transversales — c'est ce monsieur... j'ai eu peur que ce ne fût quelqu'un de connaissance...

Et tandis qu'Achères se retournait pour voir le monsieur, un affreux être chétif et disgracié, qui passait en les regardant avec insistance, elle affirma, rassurée :

— Mais je ne le connais pas... pas du tout !...

— Je le connais, moi !... — dit Achères — et lui me connaît encore mieux...

— Qui est-ce donc ?...

— Le nouveau conseiller de préfecture... Je l'ai appelé sale dreyfusard, au café !... avant-hier !... Allons !... adieu !... je vais manquer le dîner du colonel, nom d'un tonnerre !... Au revoir ! mon Yvonne adorée !...

Comme elle se reculait légèrement, il demanda, inquiet :

— Ça ne vous froisse pas, dites, que je vous appelle par votre nom ?...

— Non ! — dit-elle faiblement — mais je ne pourrais pas en faire autant, moi !... car je ne sais pas comment vous vous appelez ?...

— François !... Vous trouvez ça laid ?...

— Pas du tout !... je trouve que c'est un nom très joli... et qui vous va très bien...

Le jeune homme appuya une dernière fois la main d'Yvonne contre ses lèvres, et se sauva en disant :

— Après-demain... à deux heures...

Madame de Brias resta plantée au milieu de l'allée, regardant Achères qui s'éloignait. Sa jolie silhouette élégante s'effaça peu à peu dans la brume, et disparut sans que la jeune femme eût fait un mouvement.

Elle se sentait nerveuse, chagrine et contente. Elle avait envie de rire et de pleurer. Il lui semblait qu'elle vivait depuis quelques jours beaucoup plus vite qu'elle n'avait vécu jusque-là. Pour la première fois, elle avait conscience de la vie ; elle la sentait.

Depuis un an, elle végétait sans plus. Et maintenant, elle se trouvait une vigueur qu'elle ignorait, en même temps qu'elle ressentait une sorte de lassitude heureuse.

Le jour tombait. Yvonne se mit à courir le long du canal. Personne ne pouvait la voir et elle avait peur d'être en retard. Qu'est-ce qu'elle dirait si on la questionnait. Elle n'avait jamais menti. Elle serait malhabile à dissimuler son bonheur... Et alors ?...

Dans l'avenue, elle se rassura. Elle avait bien le temps. Il n'était pas sept heures et demie.

Elle ralentit sa marche et se mit à rêver de nouveau. Elle croyait avoir encore sur sa main les lèvres fraîches et la moustache si douce de François... — Elle pensait François tout court ! — sa jolie moustache, légère comme des cheveux et brillante comme de la soie. Elle s'imaginait le voir encore à côté d'elle, et ce fut sans aucun étonnement qu'elle sentit un bras sous le sien et un baiser sur son cou. Elle tourna doucement la tête et vit son mari qui marchait près d'elle, la tenant serrée contre lui.

— Ah ! — fit-elle un peu déçue — c'est toi !...

Il se mit à rire — d'un beau rire qui sonnait haut — en demandant :

— Et qui donc, s'il te plaît, t'aborderait de la sorte ?..

Distraite, elle répondit :

— C'est vrai !... qui donc ?...

Elle s'appuyait sur le bras d'Antoine et se serrait amoureusement contre lui. Peu habitué — depuis quelque temps surtout — à des façons aussi tendres, il crut à une fatigue causée par les courses trop nombreuses et le retour à pied :

— Tu es fatiguée, ma chérie !... Tu as trop marché !... Pourquoi n'as-tu pas demandé la voiture ou pris le petit tramway ?...

Elle expliqua :

— Mais non !... je n'ai pas fait beaucoup de courses... j'en fais toujours autant... et je rentre à pied, comme aujourd'hui, presque chaque fois que je vais à Pont-sur-Meurthe... Je ne sais vraiment pas ce que j'ai !... c'est singulier, cette espèce de lassitude... j'ai véritablement les jambes en coton...

Elle pesait de tout son poids sur le bras de son mari. Il s'arrêta court et, la regardant, il demanda avec une anxiété joyeuse :

Yvonne!... ma chérie... cette fatigue... si c'était...

Il conservait, malgré tout, l'espoir de l'enfant qu'il souhaitait depuis six ans de toutes ses forces. Ils étaient tous deux, sains et beaux. Pourquoi leur union heureuse resterait-elle stérile?...Tous les médecins consultés avaient affirmé ne rien trouver qui expliquât pourquoi Yvonne était sans enfants, pourquoi jamais elle n'avait eu le moindre commencement de grossesse.

A l'instant, Brias venait de se reprendre à espérer. Il dit, tout chagrin de voir sa femme secouer la tête :

— Non!... tu ne crois pas?... mais tu ne le sais peut-être pas toi-même... C'est que, le jour où ça sera pour tout de bon, ça sera comme maintenant, tu sais, mon amour... un malaise... une fatigue... un peu plus de nervosité... et voilà tout!...

Elle murmura chagrine :

— Pourquoi s'acharner à vouloir ce qui ne sera jamais?... il y a longtemps que je n'espère plus, moi!...

— Tu as tort, chérie! moi, j'espère toujours!...

Il acheva dans un baiser :

— Et j'ai raison!... tu verras!

Positivement, il se sentait en ce moment rempli d'espoir. Jamais, depuis qu'il était le mari d'Yvonne, il ne l'avait vue abandonnée et tendre comme aujourd'hui. Depuis le séjour à Attigny surtout, elle était plus froide, plus réservée!...Mais toujours, à Paris comme à la campagne, la première année aussi bien que la dernière, elle s'était montrée presque indifférente, ne refusant jamais rien, mais se prêtant sans aucun entrain, aux désirs de son mari.

Et voilà que, ce soir, il la trouvait caressante, provocante presque.

Il l'enleva dans ses bras, pour monter le perron et l'escalier, et la porta en courant

et sans souffler, jusqu'à sa chambre.

Quand elle descendit pour dîner. Yvonne resplendissait.

Le teint rose, les yeux brillants, la bouche entr'ouverte, elle respirait le bonheur par tous les pores de sa peau nacrée.

Son changement était tel que madame d'Attigny, et Suzette, et Fred lui-même — qui pourtant n'était guère observateur — en furent frappés.

Mais la grand'mère n'éprouva pas de ce changement la satisfaction qu'en avait ressentie Antoine. Elle s'inquiéta, au contraire. Et comme Fred, un peu lourdaud, remarquait que : — « Yvonne était beaucoup mieux qu'à l'ordinaire!... » — Madame d'Attigny affirma que sa petite-fille était, en ce moment comme toujours, très agréable à regarder, mais qu'elle n'apercevait, quant à elle, aucun changement appréciable.

Elle insistait, craignant qu'Antoine, à son tour, ne s'étonnât de l'embellissement subit de sa femme et n'en fût tourmenté, comme il y avait — trouvait-elle — lieu de l'être. Sa surprise fut donc grande, lorsqu'elle entendit son petit-fils protester avec violence :

— Comment, vous n'apercevez aucun changement appréciable?... Mais c'est fou, grand'mère de dire ça!... Comment?... vous ne voyez pas les yeux, le teint, les dents, l'éclat qu'elle a ce soir?... voyons?... En conscience, vous ne trouvez pas un changement?... Moi, il semble que ça crève les yeux?...

Résignée, Madame d'Attigny murmura :

— Eh bien, soit!... ça crève les yeux!...

Et elle pensa :

— Décidément, mon petit-fils n'est pas fort.

Pour faire diversion, elle demanda à Fred :

— Qu'est-ce que tu as fait aujourd'hui au cours?...

— Rien... c'est-à-dire si... à l'arrivée des journaux, on a fait du boucan...

— Pas toi, probablement?... — dit la comtesse — Tu as dû te défiler si on a fait du boucan ?... Tu es pour une sage réserve, toi ?...

— Dame !... j'ai pas envie de me faire casser la gueule à propos de Dreyfus, moi !... je trouve ça idiot !...

— Ça n'est pas idiot !... — fit Suzette d'un air profond — c'est triste !... Il faut prendre garde et ne pas juger à la légère ?... C'est si horrible de penser qu'un innocent peut être condamné !...

— Qu'est-ce que c'est encore que ces histoires-là ?... — demanda madame d'Attigny stupéfaite — où as-tu pris ces phrases que tu nous places, sans habileté, d'ailleurs, il faut bien le reconnaître...

— C'est la Justice et la Vérité que...

— Elle a raison !... — dit Fred, qui mourait d'envie de dormir — on ne sait peut-être pas de quel côté y sont, la justice et la vérité !..

— De quel côté « y sont » !... Ah ! si vous ne savez pas de quel côté « y sont », la justice et la vérité, ben moi, je sais de quel côté « y sont » les snobs et les imbéciles !... oh ! oui !

La comtesse se leva de table et passa dans le salon, tandis que Suzette la suivait en disant câline :

— Pas fâchée, dites, grand'mère ?... pas fâchée ?...

— Si !... — cria madame d'Attigny, agacée — si « fâchée » au contraire !... Oui... j'en ai assez, de vivre à présent avec des Gottland et des Elsa !... J'en ai assez, des phrases auxquelles on ne comprend rien !... et des sentiments antifrançais !... et des façons de penser juivardes !... Il faut garder ça pour vos intellectuels de carton, et ne pas le sortir à votre vieille grand'mère... parce qu'elle est d'un autre bateau, la vieille !... et qu'elle ne coupe pas là-dedans !... pour parler votre beau langage !...

Et, comme Fred voulait répliquer, elle le fit taire, en disant :

— Va-t'en causer avec la demoiselle aux lotus...

— A propos ! — s'écria Fred, se réveillant — vous croyez peut-être qu'elle a pas

de corset, Elsa avec toutes ses pièces d'étoffe dans quoi elle se roule comme un zouave dans sa ceinture ?... Ben, elle en a un !

— Comment le sais-tu ?... — demanda madame d'Attigny intriguée — qui est-ce qui te l'a dit ?...

— Personne !... je l'ai bien senti dimanche, quand l'oncle Georges l'a fait passer de l'autre côté du cheval au lieu de la mettre dessus, et que je l'ai rattrapée... On croirait que tout ça est souple, flexible ?... ah ! ouat !... va t'faire fiche !...

— Moi, — dit Antoine — je trouve qu'on voit la ligne du corset sous les oripeaux flottants dont elle s'affuble... ça saute aux yeux !...

Il se tourna vers Yvonne, cherchant un regard approbatif, mais la jeune femme semblait anéantie. Ses yeux seuls vivaient, ardents et tout chargés de caresses.

Alors, la prenant par la main, il proposa :

— Tu n'en peux plus ?... Viens nous coucher ?

XII

Quand madame de Brias arriva au musée, Achères l'y attendait.

Dès l'entrée, elle l'aperçut qui faisait les cent pas dans la première salle en regardant attentivement le parquet.

Il s'élança vers elle et voulut lui prendre les mains. Mais elle le repoussa, regardant autour d'eux si personne ne les pouvait voir.

— Prenez garde, voyons !... il y a peut-être du monde !...

Il répondit, montrant le musée vide :

— Qui voulez-vous qui ait l'idée de venir ici ?...

Elle ne protesta pas. Mais, se souvenant qu'elle l'avait trouvé qui arpentait la salle sans rien regarder, elle demanda :

— Je vous ai donc fait attendre ?...

— Non... je viens d'arriver... pourquoi ?...

— Parce que je pensais que vous aviez déjà fini de voir le musée ?...

— Oh !... non !... je n'ai rien vu du tout !... Je vous adore !...

Il se rapprochait d'elle. De nouveau, elle s'éloigna. Alors il dit, chagrin :

— Oh !... vous allez vous sauver comme ça tout le temps ?...

Elle indiqua du doigt un vieux monsieur qui copiait le *Gilbert mourant* de Tassaërt, et une jeune fille, occupée à diminuer au carreau *la Bataille de Nancy*, et répondit :

— Mais nous ne sommes pas seuls !...

— Oh !... ma foi !... presque...

Un gardien allait et venait dans les salles. Madame de Brias s'approcha d'un tableau posé sur la cimaise, et dit :

— Regardez ça !... c'est très beau !... c'est un Hobbema...

— Tiens !... c'est joliment noir !... on dirait que c'est vieux...

Et, comme Yvonne ne disait rien, il continua :

— Je ne savais pas qu'elle faisait du paysage ?...

Madame de Brias, occupée du tableau, entendit vaguement. Alors, il expliqua :

— Je croyais que son affaire c'était les fleurs, les jolies femmes...

— Non !... — dit Yvonne qui sourit, se souvenant de la visite au Louvre et des connaissances artistiques d'Achères, — non... pas du tout !...

— Pourtant, j'ai vu dernièrement le portrait d'une de mes cousines... C'est frais, c'est gracieux... ça ne ressemble pas du tout à ça ?...

— Un portrait !... — Tiens !... je ne savais pas qu'il y eût des portraits d'Hobbema ?...

— Ah ! par exemple !...

— Comment est-il, ce portrait ?..., est-ce qu'il y a de belles étoffes ?...

— De belles étoffes ?... comment, des étoffes ?...

— Oui... enfin, comment est le costume ?..

— Oh !... très simple !.. un petit costume de tennis... Pourquoi riez-vous ?...

— Parce que, Hobbema étant mort il y a deux cents ans, ça me paraît drôle qu'il ait fait le portrait d'une de vos cousines... en costume de tennis...

Et, devinant tout à coup :

— C'est Abbéma, probablement, que vous voulez dire ?...

— Ah !... S'il y en a une autre !... Allons ! bon ?... voilà que vous regardez ça, à présent !... En quoi ce bonhomme rouge peut-il vous intéresser ?...

— C'est le duc de Frioul...

— Je vois bien !... c'est écrit dessous !...

— Par Gérard...

— Par qui ça voudra !... ce que je m'en fiche !... Dites-moi ?... vous le savez, n'est-ce pas, que je vous aime ?...

— Oui... mais ne parlez pas si haut...

— Et vous... m'aimez-vous un peu, dites ?..

— Je... je crois que oui... — répondit-elle sincère.

C'était vrai qu'elle l'aimait ! Même en cet instant, où il se montrait à elle sous un jour ridicule, elle ne voyait que ses yeux lumineux et tendres, et ses jolies moustaches soyeuses et voltigeantes. Elle se sentait près de lui, émue d'une émotion qu'elle avait ignorée jusqu'ici, et dont elle s'expliquait mal, ou ne voulait pas s'avouer — la cause précise.

Il la regardait, l'air heureux. Tout à coup, il demanda :

— Vous êtes fatiguée ?... ou souffrante ?... vous n'avez pas bonne mine... vos yeux sont battus...

Yvonne rougit. Elle savait pourquoi ses yeux étaient battus et comment c'était, indirectement, de la faute d'Achères.

Pour se donner une contenance, elle se mit à regarder avec insistance le tableau devant lequel elle se trouvait. C'était le *Gilbert* que copiait le monsieur, juché sur un haut tabouret dans lequel elle se cogna presque

Cette fois, Achères protesta violemment :

— Je ne comprends pas que vous regardiez des choses pareilles !... cet homme affreux qui meurt... et tous ces agonisants en rang d'oignons... Ah ! bien !... si vous trouvez ça rigolo !... et ce vieillard qui copie cette abomination !... En voilà une idée saugrenue, par exemple !... de peindre un machabée.., à son âge !.., quand ça va procha-

nement lui arriver pour son propre compte...
Il faut être enragé, ma parole d'honneur !...
Voyons, venez !... ne restez pas devant ça...
Qu'est-ce que ça peut représenter, cette in-
sanité-là ?...

— C'est Gilbert...

— Gilbert ???...

— Le poète Gilbert...

Et elle ajouta en souriant :

— Vous ne le connaissez peut-être pas ?...

— Non !.. moi je ne connais... à part les
raseurs qu'on m'a fait apprendre quand j'é-
tais petit... que Musset... et encore... Quand
je dis que je le connais... C'est une façon de
parler...

Et, gentiment, voulant renseigner Yvonne
avec sincérité sur ses connaissances artistiques, il expliqua :

— Moi, voyez-vous, la poésie, la musique, la littérature, ça n'est pas beaucoup mon
affaire... la peinture non plus, du reste !...

— Je vois !... — dit madame de Brias en
riant.

— Oui... je sais bien !.. je vous fait l'effe.
d'une moule !... J'ai tort de ne pas me montrer autrement que je ne suis... Vous allez
me prendre en grippe... si ça n'est pas déjà
fait ?...

— Non... ne croyez pas ça !...

Elle ne le prenait pas du tout en grippe.
Un an auparavant, elle était sortie du Louvre
écœurée, lui en voulant de toutes les bêtises
qu'il avait débitées au cours de leur promenade. Et voilà que, cette fois qu'il avait été
peut-être plus ignare et plus maladroit encore
qu'au Louvre, elle ne s'énervait aucune-
ment des inepties qu'il sortait de sa réserve
inépuisable.

Ce qui était odieux à Paris devenait, à
Pont-sur-Meurthe, très acceptable.

Achères vit bien, à la douceur de ses yeux,
qu'elle n'était pas fâchée contre lui ! Alors
il se mit à lui raconter les petits potins de
de la ville.

Il n'était question, pour l'instant, que du
béguin d'Adèle pour Gottland.

Et comme madame de Brias se récriait :

— Oh !... un béguin en tout bien tout honneur ! Personne ne croit que... Oh ! non !...
vous n'y êtes pas !.. du moins pour le moment... C'est pas ça que je veux dire !... leurs
relations sont purement sentimentales... Je
crois, d'ailleurs, qu'avec monsieur Gottland
il faut s'en tenir au sentiment... C'est plus
prudent...

Il regarda Yvonne, semblant insinuer que
lui comptait bien ne pas s'en tenir au sentiment. Puis, presque immédiatement, il demanda :

— Voulez-vous venir prendre un verre de
Porto et un biscuit dans mon logis de réser-
viste ?... C'est ça qui serait vraiment gentil !...

Elle fit non de la tête, mais en s'avouant
au fond que, seule, la peur d'être vue la re-
tenait.

Elle n'était plus la femme de jadis, attachée à ses devoirs et n'ayant jamais admis
la possibilité d'y faillir à un moment donné.

Un an de désœuvrement et d'ennui avait
suffi à l'amener à ce point qu'elle acceptait
parfaitement l'idée de tromper Antoine, si
l'impossibilité matérielle n'empêchait pas
que cela ne fût !

— Écoutez donc !... — dit Achères en
s'arrêtant — il me semble qu'on entend des
cris dans la rue ?...

Madame de Brias écouta :

— Des cris dans la rue ?... ce doit être un
chien à qui l'on marche sur la patte !... c'est
les seuls cris qui se puissent entendre à
Pont-sur-Meurthe...

Mais, positivement, un grand bruit venait
du dehors. Yvonne proposa :

— Il faut voir ce que c'est ?...

Dans l'escalier, ils rencontrèrent un ser-
gent de la ville qui montait. Et Achères
demanda :

— Qu'est-ce qui est arrivé ?

L'homme répondit :

— Mon lieutenant, j'en sais pas au juste ?...
c'est rapport à Dreyfus qu'y s'battent sur la
place... devant l'café... Mais paraît qu'c'est
surtout à la sortie d'la Faculté qu'ons'cogne...

— Mon Dieu !... — fit Yvonne — Fred qui
est au cours !...

Puis, elle réfléchit que, sans doute, il avait

évité la bagarre, si bagarre il y avait. La note patriotique n'était pas assez développée chez lui, pour qu'il risquât d'attraper quelque horion à propos de l'Affaire.

En arrivant sur la place Ducale, Achères et Yvonne croisèrent madame de Granpré qui courait, l'air affairé et furieux. En les reconnaissant, elle s'arrêta brusquement.

— Qu'y a-t-il donc?.. — demanda Yvonne surprise — vous avez l'air bouleversé?...

— On le serait à moins!... Imaginez-vous que ce misérable vient de me dire que les officiers de Rennes sont des faux témoins!... A moi!... il a osé!...

— Quel misérable?... — questionna la jeune femme, qui ne comprenait pas un mot.

— Et ce n'est pas tout!... Non seulement il m'a dit que les officiers de Rennes étaient de faux témoins, mais encore que les autres ne valaient pas mieux!... et que tout ce qui porte un uniforme en France était pourri!... et que...

— Mais qui vous a dit ça?... qui?... — questionna encore madame de Brias.

Adèle répondit, suffoquée :

— Ce... ce... Gottland, imaginez-vous!... oui!... il était chez moi... avec un journal... et, chez moi, à moi, il a osé me dire que tous les généraux français étaient des lâches!... Vous entendez?... des lâches?...

— C'est raide!... — fit Achères, d'un air convaincu.

Monsieur d'Audierne traversait la place, se dirigeant vers le café, où semblait grouiller un reste de bagarre. Adèle se lança sur lui :

— Ah!... Colonel!... Vous aviez raison, vous!... Si je vous avais écouté!... Vous l'aviez bien flairé, que c'était une canaille!... et mon pauvre mari aussi, d'ailleurs!...

— Qu'y a-t-il?... — demanda Audierne avec calme.

Depuis une trentaine d'années qu'il connaissait Adèle, il avait appris à ne pas s'agiter lorsqu'il la voyait en ébullition.

— Il y a, oncle Georges, — expliqua qui voyait qu'une crise de larmes chez madame de Granpré, à la pé-

riode d'excitation, — il y a que monsieur Gottland a dit les choses les plus grossières sur l'armée en général, et sur les généraux en particulier, et que...

— Compris!... — fit le colonel à demi-voix — et ça lui a donné une douche... une douche salutaire!...

Puis — bonhomme au fond — il offrit son bras à Adèle, en proposant :

— Nous allons chercher le Général... et lui raconter la chose... Il sera enchanté de penser que cet astèque dreyfusard ne viendra plus traîner ses guêtres chez vous...

Au moment d'emmener Adèle qui le suivait — docile comme un petit mouton — monsieur d'Audierne se tourna vers sa nièce :

— Il y a — dit-il — un jeune Intellectuel qui saignait fortement du nez, là-bas, sur la place de l'Académie... à tel point, que je crois qu'on l'a porté à Saint-Jean..

— Ah!... bon!... — fit Yvonne — que cette nouvelle ne semblait pas affecter outre mesure.

— Bon, effectivement!... — reprit le colonel — et ce serait sans intérêt, si le bruit ne courait que c'est Fred qui l'a accommodé de la sorte...

— Fred!... — murmura la jeune femme, stupéfaite — Fred!...

— Ça te paraît invraisemblable, n'est-ce pas?... à moi auss ... et je n'en crois pas un mot!... Seulement, il faut tâcher que ce faux bruit ne s'accrédite pas... il faut, tout au moins, s'occuper de savoir où était Fred à l'heure du cours...

— Mais.., au cours, je crois!... Il est parti d'Attigny à une heure pour y aller...

— Il l'a dit... mais il n'y va jamais!... Enfin, comprends-moi bien?... il faut établir l'endroit où Fred se trouvait quand on a tapoté ce jeune dreyfusard... afin qu'on ne fasse pas — s'il est quelque peu détérioré — payer à ta grand'mère ce qu'un autre que son petit-fils a consommé... Tu vas rentrer et t'occuper de ça, n'est pas, ma petite Yvonne?...

— Oui, mon oncle..

— Vois Fred tout de suite... et tâche

d'obtenir que, pour une fois, il dise la vérité?... Ça pourrait sans ça faire une très sale histoire... Qu'est-ce que tu as?...

Madame de Brias était devenue toute pâle. Elle se détourna, en disant avec effroi :

— Oh! mon Dieu!... des blessés!...

Une sorte de cortège passait près d'eux. Quelques curieux escortaient deux civières, portées par des soldats d'infanterie. Sur l'une, était un cuirassier évanoui, la figure couverte de sang. Sur l'autre, un gamin de douze ou treize ans, qui criait de tous ses poumons : « A bas les juifs!... »

— Tonnerre!... — fit le colonel exaspéré, en regardant le cuirassier — c'est un homme de mon régiment!...

Il s'approchait des civières. Le gamin expliqua :

— L'a r'çu des pierres mon Colonel!... c'est les dreyfusards!... J'sortais du lycée, y m'ont jeté par terre... moi, c'n'est qu'une entorse!... mais lui... y l'ont lapidé, les cochons!...

Le colonel d'Audierne dit, d'une voix que la colère enrouait :

— Et penser qu'on ne peut rien... rien!... Ah! si c'était vraiment Fred qui avait accommodé l'Intellectuel de tout à l'heure, je lui donnerais toute ma fortune... pour faire la noce si ça lui chantait!... Ah! oui!... et de bon cœur!... Accompagnez cet homme-là, Achères, et venez me dire ce qu'il a dès que le major l'aura vu... Vous me trouverez chez le général de Granpré...

XIII

Il était cinq heures quand madame de Brias rentra. Elle demanda au domestique, occupé à arroser les fleurs du vestibule :

— Monsieur Fred est-il dans sa chambre?..

— M. Fred n'est pas rentré, madame la comtesse...

— Ah!... — fit-elle contrariée.

Elle eût souhaité avoir son explication avec Fred avant que madame d'Attigny ne soupçonnât quelque chose. Et, décidée à aller au-devant de lui, elle recommanda :

— Si par hasard Monsieur Fred rentrait par le canal, dites-lui que je suis dans l'avenue...

Puis elle partit, rêvant, se demandant ce qui fût arrivé si, tout à l'heure, son oncle d'Audierne n'avait pas envoyé Achères accompagner le soldat blessé?... C'était à croire qu'il avait fait exprès de donner cet ordre...

Elle s'interrogeait, pour savoir si réellement elle aimait?... Et sa sincérité l'obligeait à reconnaître que c'était seulement parce qu'elle s'ennuyait terriblement qu'elle se laissait entraîner, et que le plus grand mérite d'Achères, c'était la diversion qu'il apportait dans sa vie creuse et monotone.

Tandis qu'elle allait songeant, elle rencontra le facteur qui arrivait avec le courrier du soir.

— Y a-t-il des lettres?... — demanda-t-elle.

— Une seule, madame la comtesse... et justement c'est pour vous... Non!... je m'trompais... c'est pour madame vot' grand'-maman!... Ah! bien! justement, j'viens d'la rencontrer y a pas une minute!...

— Tiens!... — fit Yvonne contrariée — grand'mère est par là?...

— Par là, tout près!... qu'nous allons la r'trouver d'ici deux minutes... et même pas tant... vu qu'la v'là!...

Dans l'avenue, à quelques pas, madame d'Attigny s'avançait, absorbée, lisant une lettre.

Son visage exprimait le mécontentement. Et, comme le facteur fouillait dans sa boîte, elle dit, l'air ennuyé, la voix dure :

— Vous avez quelque chose pour moi, facteur?...

— Justement, madame la comtesse... Justement!...

Il tendit une lettre toute chiffonnée et salie, et, tirant de sa boîte un porte-plume et une sorte de petit encrier, il expliqua :

— C'est qu'y a une signature à m'donner, si vous voulez bien?...

Madame d'Attigny signa et, quand le facteur

se fut éloigné, elle se tourna vers Yvonne et demanda, en lui donnant la lettre qu'elle venait de déplier :

— Dis-moi ce que c'est encore que ça, veux-tu ?...

— Ça ?... — répondit la jeune femme après avoir jeté un coup d'œil sur la lettre, ça ?... c'est une lettre anonyme...

— Encore !... voyons... je t'écoute...

Docilement, Yvonne lut :

« Madame,

« Vous pourriez peut-être — si vous aimez à connaître ce qui se passe autour de vous — savoir pourquoi votre petit-fils va si souvent chez une femme galante, de Pont-sur-Meurthe, qu'on appelle la Grenouille Bienfaisante.

« Quand je dis votre petit-fils, ça n'est pas de Fred que je veux parler, c'est de l'autre, de celui qui a une femme plutôt jolie... »

— Saluel... — dit madame d'Attigny.

Puis, voyant que la figure d'Yvonne se tirait dans la grimace qui précède les larmes, elle demanda :

— Tu n'es pas assez bête pour t'inquiéter de ça, j'imagine ?... Si ton mari est allé chez la Grenouille, c'est parce que je l'y ai envoyé... tu m'entends ?...

Sans répondre, madame de Brias continua :

« Il est allé d'abord chez la Grenouille Bienfaisante pour se renseigner sur les agissements du petit Fred. Mais il y a pris goût pour son propre compte et il y est retourné et y retourne chaque jour. »

« Il est vrai que, pendant ce temps, sa femme accorde à la Futaie... et ailleurs... des rendez-vous à ce bellâtre qui a nom d'Achères, et se plaît à parader, pour l'instant, à Pont-sur-Meurthe sous un uniforme d'emprunt... »

Madame d'Attigny regarda sa petite-fille et dit, à moitié blagueuse, à moitié émue :

— Est-il possible, ma petite Yvonne, que tu te fasses du chagrin à ce propos ?... Et,

dis-moi ?... As-tu vraiment donné des rendez-vous à Achères ?...

— Oui !... — dit Yvonne avec sincérité.

Et voyant que madame d'Attigny n'en pouvait croire ses oreilles, elle s'excusa :

— Si vous saviez, Grand'mère, ce que c'est vide ici ; la vie sans enfants, sans travail, sans rien de ce qui occupe et intéresse l'intelligence et le cœur ?... Vous ne pouvez pas comprendre ça ?... Vous qui êtes toujours occupée, surmenée, fatiguée et utile aux autres, vous ne pouvez pas comprendre que l'on fasse ce que j'ai fait ?...

— Je comprends tout !... — murmura madame d'Attigny résignée — excepté pourtant ce qu'a fait Suzette...

— Quoi donc ?... — demanda Yvonne — qu'est-ce qu'elle a fait ?...

— Elle est — figure-toi — en correspondance avec le professeur...

— Monsieur Justel ?...

— Eh non !... son confrère... cet ignoble Suisse... qui a l'air malsain et qui a avalé de sa canne...

— Comment, elle est en correspondance avec lui ?...

— Parfaitement !... et ils mettent leurs lettres dans le gros hêtre... d'où je viens d'en retirer une... Il y avait longtemps que je me méfiais...

— Est-ce possible ?... mais à quoi ça rime-t-?...

— A quoi ça rime ?... mais dame !... à un mariage, ma petite... A un mariage inespéré pour ce monsieur... Et je ne comprends pas que Suzette, si solide et si saine, se soit laissé rouler par cet intellectuel de pacotille... Mais c'est comme ça !...

Madame d'Attigny s'arrêta un instant, et reprit :

— Je voudrais le tenir, le Suisse, dans un petit coin où il n'y aurait que nous deux... A propos... sais-tu où est Fred ?...

— Non... — répondit Yvonne qui se sentit rougir — non...

— Tu es allée à Pont-sur-Meurthe ?...

— Oui, grand'mère...

— Je pensais que Fred y était ?...

— C'est bien possible!... mais je ne l'ai pas vu...

Et madame de Brias pensa :

— C'est tout de même singulier qu'il ne soit pas rentré...

La comtesse regarda sa montre. En même temps le premier coup du dîner sonna et elle dit :

— Rentrons!... ils sont sûrement là-bas!...

Le parc, à cette heure, était déjà plein d'ombre. madame d'Attigny frissonna.

— J'ai froid!... — fit-elle — rentrons vite!...

Comme Yvonne lui faisait remarquer la beauté des arbres et la douceur du jour à son déclin, elle répondit, agacée :

— Eh, que veux-tu!... je ne goûte pas beaucoup, moi, les douceurs de la paix des champs et je trouve que, rue de Grenelle, nous étions joliment plus heureux!...

En rentrant, madame d'Attigny s'étonna de l'inexactitude de Fred, et le dîner commença sans lui.

La grand'mère, mécontente du retard, n'était cependant pas inquiète.

Elle ignorait les bagarres de Pont-sur-Meurthe. Et, quand, au bout d'un quart d'heure, elle entendit sous la fenêtre des voix, elle ne soupçonna pas ce qui se passait.

Mais le vieux domestique qui avait vu naître tous les enfants, ouvrit tout à coup la porte de la salle à manger, en criant :

— Le v'là!... le v'là qu'on rapporte!...

Madame d'Attigny se leva d'un bond.

— Qu'on rapporte ?...

Dans le vestibule, étendu tout pâle sur des coussins de voiture, Fred souriait. Le docteur lui tenait la main droite. L'autre main était allongée, molle et inerte. En voyant entrer sa grand'mère, il dit, d'une voix qui tremblait de colère :

— Ah!... les rosses, les rosses!... Ils se sont jetés à dix sur moi!...

Il essaya de faire un mouvement et acheva, dans une douloureuse grimace :

— Ils m'ont cassé un bras... et puis après... ils m'ont jeté dans le fossé de la citadelle...

Le docteur expliqua :

— C'est une patrouille qui vient de le trouver... et j'ai tenu à vous le ramener moi-même...

— Mais qu'est-ce qu'il y a?... — demanda Madame d'Attigny — pourquoi lui a-t-on cassé le bras?... pourquoi l'a-t-on jeté dans le fossé?. Et qui?... qui?... Oh! ma tête!...

Fred, qu'on venait d'installer sur son lit, raconta, câlin et crâne :

— C'est les dreyfusards, grand'mère! parce qu'on prévoyait le verdict!... Alors... on s'est bûché à la sortie du cours... Mais c'est égal!... ils ont pas été chics!... oh! là là!...

— Madame la comtesse? — appela de la porte un domestique — c'est monsieur Gottland, qui voudrait voir quelqu'un... pour avoir des nouvelles de monsieur Fred...

— Monsieur Gottland! — cria Suzette, qui s'élança impétueusement — je m'en vais le recevoir, moi!...

Et elle courut au-devant du professeur, les lèvres serrées, le regard si mauvais, que sa grand'mère, qui d'abord voulait la retenir, prit le parti de la laisser faire.

Le colloque fut court. Tout comme Adèle qui arrivait, affectueuse et bonne, avec le général — tout comme Fred — la petite Suzette venait de se ressaisir. Le règne de la névrose finissait.

— Il faut vous en aller d'ici... — dit la petite d'une voix mordante — vous en aller tout de suite... et oublier que vous y êtes jamais venu...

Derrière Elsa, éplorée, le doyen trottinait, sympathique et navré, à la pensée qu'on le pouvait soupçonner d'être d'âme Universitaire. Et cette crainte augmentait encore sa gaucherie.

Le bon Justel était fier de son petit élève.

— Si vous l'aviez vu, Colonel, — expliquait-il à monsieur d'Audierne, — si vous l'aviez vu, tout seul au milieu de ces apôtres de la Vérité, hurler des «Vive l'armée!» qui...

braient comme une sonnerie de clairon, vous auriez été heureux, je vous assure... J'étais à la fenêtre de la Faculté quand il est tombé... je suis descendu ventre à terre et il n'était plus là...

— Parbleu !... — fit le colonel qui avait la larme à l'œil — ces cochons-là l'avaient jeté dans un trou après lui avoir cassé le bras... Pauv' petit !... Ma sœur et moi nous avons souvent été injustes pour lui !... Elle le trouvait veule... moi je croyais qu'il manquait de sang !... Pauv' petit gosse, va !...

— Est-ce qu'on pourrait serrer la main seulement à monsieur Fred ?... — demanda la demoiselle aux lotus — ou simplement lui dire un petit bonjour du seuil de sa porte ?...

— Non !... — dit nettement madame d'Attigny — il ne faut pas, qu'en ce moment, il aperçoive une seule tête intellectuelle... Ça lui serait très mauvais !...

Les visites s'en allaient peu à peu, mais la sortie s'effectuait tumultueuse.

Dans le vestibule, une discussion d'abord aigre-douce s'élevait.

— C'est une honte — disait la voix du vieux doyen — une honte qu'il y ait de pareils hommes dans l'Université... les Stapfer, les Havet, et les Buisson nous déshonorent...

— Mais nous avons les Lemaître, les Doumic, les Faguet...

— Des goitreux !... ricana Gottland.

— Taisez-vous !... — cria brusquement monsieur Justel, tandis que le vieux doyen reprenait :

— Oui, monsieur, taisez-vous !... la jour-

née d'aujourd'hui appartient aux honnêtes gens !...

Yvonne regardait Achères, Achères regardait Yvonne, et leurs regards, très tendres, inquiétaient beaucoup la pauvre madame d'Attigny.

Elle remonta près de son petit-fils qui venait de s'endormir.

Et, en le veillant, elle récapitulait tout ce qui, depuis un an, avait troublé sa vie.

Elle regardait Fred, rouge et fiévreux, et songeait au flirt de sa petite-fille et d'Achères et à la malsaine toquade de Suzette pour Gottland, tandis que, d'en bas, montait le bruit de la discussion des Universitaires français ou dreyfusards.

A ce moment, Antoine entra sur la pointe du pied.

— Grand'mère... — dit-il — c'est la Piédou qui est là...

— Eh bien ?...

— Eh bien, elle prétend que Fred a séduit sa fille !... elle hurle qu'il va mourir, et que, s'il meurt, sa fille est perdue, etc... etc...

— Oui... enfin le classique chantage !...

— Parfaitement !... Elle dit qu'elle fera un procès !...

Fred s'agita dans son lit :

— Elle peut pas faire de procès, la Piédou !... J'ai un papier !... Je lui ai donné mon mois... contre quoi elle m'a donné sa fille... j'ai le papier...

D'en bas, les voix montaient toujours, aigres ou graves, tandis que, du sous-sol, sortait le fausset agressif de la Piédou...

Madame d'Attigny murmura, écœurée :

— C'est gentil !... l'amour aux Champs...!

FIN

COLLECTION IN-18 JÉSUS   3 fr. 50

ROMANS, NOUVELLES

ANDRÉ (E.) et BOSC (J.) : *La Haine d'un Gardian.*
ANDRÉIEF (Léonide) : *Le Rire rouge.*
ANNUNZIO (Gabriele d') : *Terre vierge.*
BARRETT (A.) : *Le Mari complaisant.*
BEAUME (G.) : *Monsieur le Député.*
CHARREL (Albérich) : *Le Flambeau.*
CONAN DOYLE (A.) : *Aventures de Sherlock Holmes.*
— *Nouvelles Aventures de Sherlock Holmes.*
— *Souvenirs de Sherlock Holmes.*
— *Nouveaux exploits de Sherlock Holmes.*
— *Résurrection de Sherlock Holmes.*
— *Sherlock Holmes triomphe.*
— *Mémoires d'un Médecin.*
— *Le Drapeau vert.*
— *Les Exploits du Colonel Gérard.*
— *Le Crime du Brigadier.*
— *La Compagnie blanche (2 vol.).*
— *Les Réfugiés.*
— *Le Mystère de Cloomber.*
— *Notre-Dame de la Mort.*
— *L'Oncle Bernac.*
DAUDET (Ernest) : *De la Haine à l'Amour.*
DECOURCELLE (Pierre) : *Les Fêtards de Paris.*
— *Le Curé du Moulin Rouge.*
DEPRÉ (Ernest) : *Le Cours au Baiser.*
FOLEY (Charles) : *Au Téléphone.*
— *Mariam Francheot.*
— *Madame de Lamballe.*
GORKI (Maxime) : *La Mère.*
— *Une Confession.*
— *Dans le Peuple.*

GUESVILLER (Gustave) : *L'Idole.*
GYP : *Entre la Poire et le Fromage.*
— *Cricri.*
— *Les Chéris.*
— *Les Amoureux.*
— *L'Age du Muse.*
— *Les Chapons.*
— *Les Petits Amis.*
— *Pervenche.*
HORNUNG (E.-W.) : *Raffles, cambrioleur amateur.*
— *Le Voleur de Nuit.*
HUMIÈRES (Robert d') : *Lettres volées.*
JUNKA (Paul) : *Le Fiancé de Josette.*
LE QUEUX (William) : *Le Policier de Monte-Carlo.*
LE ROUX (Hugues) : *L'Heureux et l'Heureuse.*
LONDON (Jack) : *L'Appel de la Forêt.*
— *Avant Adam.*
MARGUERITTE (Paul) : *La Princesse Noire.*
— (Paul et Victor) : *L'Eau souterraine.*
MARNI (J.) : *Souffrir.*
PERT (Camille) : *La Petite Cady.*
— *Cady mariée.*
— *Le Divorce de Cady.*
SERAO (Matilde) : *Les Amoureuses.*
— *Histoires d'Amour.*
— *Quelques Femmes.*
SINCLAIR (Upton) : *La Jungle (2 vol.).*
— *Métropolis.*
— *Les Brasseurs d'Argent.*
TRÉMONT (Harry R.) : *Insaisissables.*
YVER (Colette) : *La Bergère.*

MÉMOIRES, SOUVENIRS

COLLEVILLE (Comte de) : *Un Crime du Second Empire.*
DÉROULÈDE (Paul) : *1870. Feuilles de route.*
— *70-71. Nouvelles feuilles de route.*
GAUTIER (Judith) : *Le Collier des Jours.*
— *Le Second rang du Collier.*

GAUTIER (Judith) *Le Troisième rang du Collier.*
LAUZANNE (St.) : *Instantanés d'Amérique.*
LOIE FULLER : *Quinze Ans de ma Vie.*
MILLAUD (Édouard) : *Petites Pages. Rondes d'Ombre.*

LIVRES GAIS

ALLAIS (Alph.) et SOUDAN (Jean) : *Dans la Peau d'un Autre.*

LIVRES DIVERS

BARET (Louise) : *Le Livre des Mères.*
CALBOLI (M⁀ Paulucidi) : *Larmes et Sourires de l'Emigration italienne.*
FAURE (Maurice) : *Pour la Terre natale.*
DAUJAT : *L'Espagne telle qu'elle est.*
LE ROUX (Hugues) : *Le Wyoming.*
— *L'Amour aux Etats-Unis.*

MANOEL (Jean) : *Mon Carnet de Pêche.*
MAYBON (Albert) : *La Vie secrète de la Cour de Chine.*
TALMEYR (Maurice) : *La Fin d'une Société. Les Maisons d'Illusion.*
WEINDEL (H. de) et FISCHER (H.-P.) : *L'Homosexualité en Allemagne.*

IMPRIMERIE CRÉTÉ
CORBEIL (S.-ET-O.)